生のソーラン節？
Illustration :
Ryou Mizukane

セシル文庫

上司と婚約 Try^3

～男系大家族物語24～

日向唯稀

イラストレーション／みずかねりょう

上司と婚約Try³ ～男系大家族物語24～◆目次

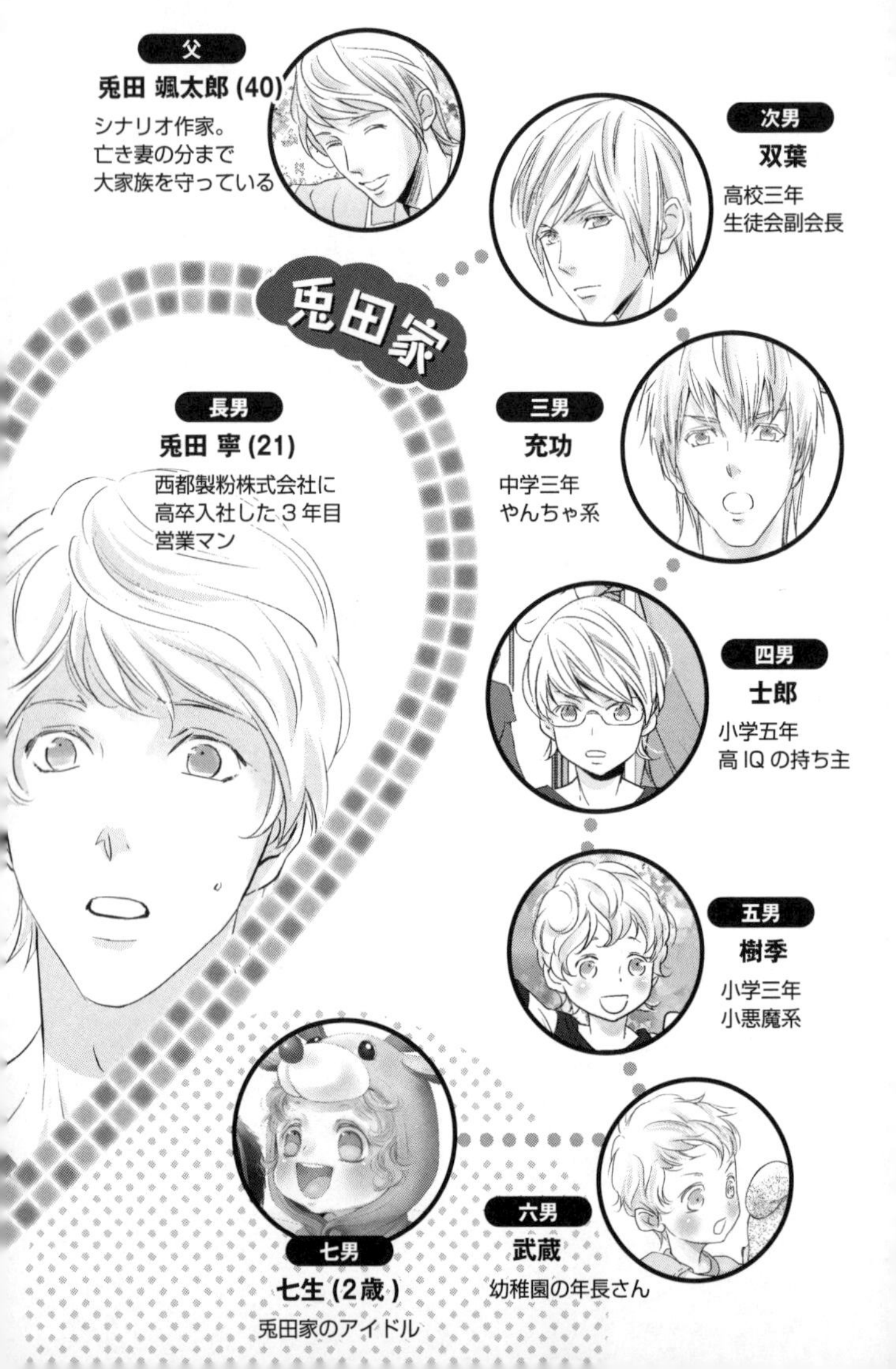
父
兎田 颯太郎 (40)
シナリオ作家。
亡き妻の分まで
大家族を守っている
次男
双葉
高校三年
生徒会副会長
兎田家
長男
兎田 寧 (21)
西都製粉株式会社に
高卒入社した 3 年目
営業マン
三男
充功
中学三年
やんちゃ系
四男
士郎
小学五年
高 IQ の持ち主
五男
樹季
小学三年
小悪魔系
六男
武蔵
幼稚園の年長さん
七男
七生 (2歳)
兎田家のアイドル

男系大家族 兎田家と それを取り巻く人々

獅子倉
カンザス支社の
業務部部長
鷲塚
寧の同期入社。
企画開発部所属
隼坂
双葉の同級生。
風紀委員長
鷹崎 貴 (31)
西都製粉株式会社の
営業部長。
姪のきららを
引き取っている
エリザベス
兎田家の隣家の犬。
実はオス
エイト&ナイト
エリザベスの子供
鷹崎きらら
幼稚園の年長さん
貴の姪
エンジェル
きららの飼い猫

上司と婚約 Try^{3}

～男系大家族物語24～

プロローグ

俺の中では、歩き始めたと思ったら、双葉《ふたば》と小競《こぜ》り合っていた充功《みつぐ》のオムツ姿だって、まだまだ記憶に新しい。

士郎《しろう》、樹季《いつき》、武蔵《むさし》、七生《ななお》のオムツ姿を定期的に見てきているから、後ろ姿で錯覚しているだけかもしれない。

それでも、やっぱり充功は歩幅が広くて、仁王立《におうだ》ちから振り向いた目つきが、やたらと凛々しかった気はするんだ。

それがアヒルの着ぐるみ姿で、プリンプリンなオムツ尻であったとしても！

けど、そんな充功も今年で中学三年生。

いつの間にか背も伸びて、目の高さも俺や双葉に近くなってきた。自他ともに認めるブラコンや身内贔屓《みうちびいき》をなしにしても、華があってカッコイイ男子に成長したと思うんだ。

そうでなければ、モモンガの着ぐるみ姿で「きゃー」の歓声は上がらないだろうしね！

（母さん。充功もこんなに立派に成長したよ。いい弟に、いいお兄ちゃんに、いい息子に。学校でもみんなに好かれる一人の人間に――）

そんな充功の運動会が行われたのは、五月の第二土曜日のことだった。

役員仕事を終えて帰宅した俺――兎田《とだ》寧《ひとし》は、充功が同級生たちから「学年演舞の記念に」ともらってきた二本の団旗を見てから、しばらく涙が止まらなかった。

なぜならこれは、すごく特別な作りをしていたからだ。

「充功最高！　愛してるぜ！　だって。すごいね、みっちゃん」

「樹季くん。こっちには大好きって書いてあるよ。男の子も女の子も、みんな大好きって。ね、武蔵」

「うん！　ありがとうの他にも、いっぱい好きって書いてある！　すげーっ。みっちゃんモテモテ～！　カッコイイ!!　な、七生」

「あいっ！　みっちゃ、ひゅーひゅーよ～っ」

ちびっ子たちまで目を輝かせた団旗には、左右対称に漆黒の片翼が、羽根を象《かたど》った布を縫い付けて描かれていた。

これを充功の背に合わせて掲げると、正面からは漆黒の翼を広げて見える仕様だ。

しかも、その羽根の布の一つ一つには、金の糸で短いメッセージと名前が刺繍《ししゅう》されている。同級生全員から集めた充功宛の言葉を、美術部と家庭科部の子たちが協力しあって、こんな形に仕上げてくれたからだ。

それも放課後だけでなく、自宅にまで持ち帰って！

また、その裏面には、充功の背後に並んでいた生徒たちから見えるように、力強い筆文字で「全員」「燃焼」のスローガンまで書かれていた。

ただ、これらはみんなからのサプライズ。そのため、充功がこの旗の作りを知ったのは、ついさっきのことだ。

その驚喜は俺なんかでは計り知れず、あの充功が黙って男泣きしたくらい。

でも、そりゃそうだよね！

充功自身は、これから始まるにゃんにゃんエンジェルズの舞台稽古《げいこ》のこと、喉のことを考えて、応援団長の指名を断っていた。

そうしたら、

「それなら代わりに応援演舞でセンターをやればいい」

「踊るだけなら大丈夫だろう」

――なんて、友人たちに持ち上げられて、センターを務めることになった。

それが三年生の団体競技演舞ソーラン節になっただけなんだから。

ただ、充功自身は、どうせやるなら全員が満足できるものにしたい、運動や踊りが苦手な子でも精いっぱいの演舞ができるようにしたいと考えて、全力を尽くすことにした。

きっと、みんなもその心意気が嬉しかったんだろう。

そして、その感情を形にしたのが、この漆黒の翼を描いた二本の団旗だ。

丈の長い黒法被《はっぴ》姿で先頭を切って踊る充功を羽ばたかせるぞ！　全員で盛り立てるぞ‼って、ことだったんだと思う。

とにかく一生忘れられない演舞になった。

これが見られただけでも俺は目頭《めがしら》が熱くなったのに、その上この団旗のメッセージだ。

二度でも三度でも泣かないわけがない‼

そしてそれは、父さんはもちろん、おじいちゃんおばあちゃん、家守《やもり》夫妻も同じで――。

「本当に、なんて素晴らしいのかしら。きっとお母さんも喜んでいることでしょうね」

「充功くんはみんなに愛されているんだな。いや、そうなるべく努力をしてきたことが、こうして形になっているんだろうが……」

特に、家守夫妻はこうした我が家の学校行事には初参加だったので、感動も一際だったようで――。

俺たちと一緒に母さんの遺影に手を合わせ、また話しかけてもくれた。

「ありがとうございます。そう言っていただけると嬉しいです」

　そして、ここに交じってメソメソしていた俺は、ブラコンというより今だけは親バカな保護者。何となくだけど、父さんの目が笑い始めていた。

　つい数分前まで、俺と一緒に目を赤くしていたくせに！

　自分だけ落ち着くのが早すぎるよ！

　——と、ここで士郎と双葉が、苦笑を浮かべながら声をかけてきた。

「えっとぉ～。そこだとお悔《く》やみか何かに見えるので、同じ盛り上がるなら食卓に向かったらどうでしょう」

「そうそう。せめて食事をしながら話すとか、豪快に自慢しながら笑い飛ばすとか——。そうでないと、客観的に見たときに、洒落《しゃれ》にならない雰囲気になっているからさ」

「え!?　まあ、やだ！　そんなにしんみりして見えた？」

「蘭《らん》さんも、さぞ喜んでいると思うたらのぉ。だが、言われてみたらそうかもしれんのぉ。ほっほっほっ」

　これにはお隣のおばあちゃんやおじいちゃんもビックリだ。

「感動が勝ってしまって、嬉し泣きになってしまいましたものね」

「確かに」

お祖母ちゃんやお祖父ちゃんなんか、互いを見合って笑っている。

でも、客観的に見たら、確かにしんみりして見えたのかな？

仏壇前で肩を落としてめそっとしていたら、そりゃ誤解もされる？

よく考えたら、鷹崎《たかさき》部長や鷲塚《わしづか》さん、獅子倉《ししくら》部長はこの輪の中に入っていなくて、リビングのテラス窓の前にエリザベスたちと一緒に座っている。

見守りに徹していたくらいだからね。

（あ、やっちゃってたのか）

――などと反省が起こったところで、急にちびっ子たちがダイニングからリビングへ移動してきた。

「ウリエル様たち見て！　七くんのサタン様よ」

「みゃん！」

和室へ続く襖の前にスッと並ぶと、エンジェルちゃんを抱えたきららちゃんが声をかけてくる。

（ん？）

俺たちが仏壇に向けていた身体を返すと、樹季が両手で団旗二本をしっかり持って立たせ、武蔵ときららちゃんが両脇で旗の端を掴んで、着ぐるみ姿の七生の背後に広げて見せた。

視線が集まったところで充功がスマホを操作し、南中ソーラン節の音楽をかける。

「ふんっ！　わぁっとぉ！」

ポーズを構えていた七生が三味線《しゃみせん》の音に合わせて声を上げて踊り出す。

（え!?）

帰宅後、ちびっ子たちは夢中になって演舞の録画を見ていたから、最初のほうは覚えてしまったのだろう。

しかも、いつの間に着替えたのか、七生は武蔵が保育園時代に着ていた皇帝ペンギンの着ぐるみ姿をしていて、これは黒の法被に色だけでも似せたのかな？

なんにしたって、充功になったつもりで踊り始めた。が、ペンギンはペンギンだ。

これに翼を広げるのは、無理があるだろう！

（ぷっ!!）

一瞬、可愛いのと可笑《おか》しいのとで、吹き出しそうになるのを堪えたのは俺だけではない。

父さんや双葉、士郎も慌てて手で口を押さえたが、鷹崎部長は即、下を向いた！

「いいぞいいぞ」と瞬時に盛り上がったのは獅子倉部長で、鷲塚さんでさえ吹き出しかけて戸惑っている。

こういうところを見ると、獅子倉部長の感性は、ちびっ子寄りなのかもしれない。

あとは、「まあ、可愛い！」「七生ちゃんたら」と一目でキャッキャし始めたお祖母ちゃんたちも？

お祖父ちゃんたちでさえ、手拍子が出るまでに二、三拍は間があったと思うからね。

「どっことぉ！　どっこいしょ！　どっことぉ！」

「「どっこいしょ！」」

それでも七生の演舞は、空を飛べないペンギンさえも、羽ばたかせてしまいそうな元気や勢いがある。

これを唆《そそのか》したのは、おそらく充功で、俺たちがあまりに感動しすぎてお通夜みたいになってしまったから、二階から着ぐるみを引っ張り出してきたんだろう。

スマホを片手に、満足そうな笑みを浮かべているからね！

(でも、そうだよな――)

やっぱりこういうノリのほうが家《うち》らしいし、母さんも喜ぶはずだと俺も思う。

(充功、ナイス！)

俺は充功に向けて親指を立てながら、グッドサインを送った。

同じサインを返してきた充功のニヤリな笑顔は、いつにも増して輝いて見えたのだった。

1

七生のペンギンソーラン節に記憶を上書きされた気がしないでもない土曜の夜。

俺たちは「明日もあるから」を合い言葉に、ちびっ子共々早めの就寝をすることにした。

家守社長夫妻とうちのお祖父ちゃん、お祖母ちゃんは揃って隣家に。

父さんは「少し仕事をしてから寝るね」と言って、いつも通り三階に。

そして残った俺たち全員とエンジェルちゃんは、二階の子供部屋に布団を敷き詰めて、一人一枚薄掛けや毛布を持って、適当に横に——なら、まだよかったのかもしれないが、武蔵や樹季が自主的に企《たくら》んだのか、双葉か充功の指示なのか、

「じゃあ。カンザスから見に来てくれた獅子倉さんを、みんなで囲んで寝よう！」

「みんなでお泊まりは、今日と明日だけだもんね！」

これって本人的にはどうなんだろうか？　という案を、武蔵と樹季が出してきたものだから、俺たちは揃って「え!?」と顔を見合わせた。

双葉や充功も一緒に驚いていたので、ここからの指示ではなかったようだ。

当然、士郎なんてこともない。

「じゃあ、枕を並べましょう」

言っている側から、きららちゃんの号令で樹季たちが枕を持った。

運動会を観るために、わざわざ飛んできてくれた獅子倉部長からしたら、ちびっ子たちに囲まれて寝るのは悪くないだろう。

でも、「みんな」ってことは、そこに俺や双葉、充功や士郎、鷹崎部長や鷲塚さんまで入るってことで、さすがにこれは寝にくいよな!?

樹季たちとしては、またすぐにカンザスへ戻ってしまう獅子倉部長を、こうした形でも歓迎を表現したいんだろうが――。

(でも、囲むって、どういうふうに?)

そう思っていたら、ちびっ子たちが率先して枕を時計の文字盤みたいに置き始めた!

(いや、さすがにこれは無理があるだろう!)

仮に六時を示す長短針のように獅子倉部長が寝たとしても、この文字盤の位置に枕じゃ、足を伸ばして寝られるのはちびっ子とエンジェルちゃんくらいなもので、俺たちは丸まらなかったら足が壁に付いてしまう。

「ぶっ――!」

「いや、これもう魔法陣だろう!!」

見た途端に獅子倉部長本人や双葉と充功が吹き出した。

もしかして、充功の想像は、俺と同じ想像をしたんだろうか?

いや、充功の想像は、もっとグレードが高そうだし、士郎や鷹崎部長、鷲塚さんはここで堪えきれずに吹き出してしまう。

こうなると、俺だけが笑い出すタイミングさえ逃している。

(魔法陣!?)

ただ、そう言われると、そうとしか見えなくなってくるのが不思議だ。が、ここで獅子倉部長が「あ！　そうだった」と声を上げた。

「ごめんごめん。俺が言うのを忘れてた。実はさっき、会社の人から連絡が来て、カンザスに戻るのは次の日曜日になったんだ。明日の運動会が終わったら、月曜から金曜日まではこっちでお仕事をするから、少なくともあと三つ、四つは一緒に寝られるはずだよ。だから、今夜は普通に並んでお休みで大丈夫だから」

――え!?　これは初耳だ。

鷹崎部長や鷲塚さんも驚いているから、これは本当に獅子倉部長が俺たちに言うのを忘れていたんだろう。

それにしても、さっきってことは、休日に会社の人から電話ってこと？

(今回は、向こうを出てくるまでが大変だったから、カンザス支社長が何か計らってくれたのかな？　少なくとも、向こうを出た後に出張が決まったってことだろうし)

俺たち大人は、きっと同じことを考えたんだろう。なんとなく目配せをしながらも、頷き合う。

「え⁉　本当」

「獅子倉さん、来週の日曜までいるの？」

「やった！　七生、獅子倉さん、いっぱいお泊まりだってよ」

「きゃ〜っ！　やっちゃ〜。しーしー、ねんねね〜」

その一方で、ちびっ子たちは大歓喜だ。最初に驚喜を声にした樹季に、士郎が「夜だよ」って視線を送ったからか、続いた武蔵、きららちゃん、七生は瞬時に小声になったけど。

その大喜びは、表情や万歳からだけでも十分に伝わった。

双葉や充功も「おお！」「やったね！」と、一緒になって喜んでいる。

これには獅子倉部長も満面の笑みだ。

鷹崎部長や鷲塚さんも、ちびっ子たちと一緒になって枕を並べ直す獅子倉部長を見て、嬉しそうだ。

「じゃあ、寝よう！」

「「はーい！」」

「あいちゃ！」

「みゃんっ」

そうして俺たちは敷き詰めた布団に大小隙間なく並んで、一日を終えた。

翌日、ちびっ子たちがあちらこちらに散らかって、七生に至っては獅子倉部長を敷き布団にしていたのは、想定内だったけどね！

＊＊＊

日曜日の朝――。

程よい風が点々と浮かぶ綿雲《わたぐも》を流して、蒸し暑さは感じない。

昨日に続き、今日も絶好の運動会日和《びより》だ。

「それじゃあ出発」

「しんこーっ」

「おお～。武蔵くんも七生くんも、はりきってるな」

「しーしーもね！」

昨日同様、今日は武蔵と七生の応援団たる俺たちは、家のワゴン車と鷲塚さんの愛車ハマーで幼稚園へ向かった。

当然定員オーバーなので、ここは鷲塚さんが二往復してくれることに。

お祖母ちゃんと鷲塚さんのお母さん、そしてお隣のおばあちゃんが、お弁当と一緒に先に出る俺たちを見送ってくれる。

また、今日の運動会にも本郷《ほんごう》部長たちや隼坂《はやさか》くんたちが来てくれるので、お弁当箱には作り置きのおかずから、早起きして作ったものから、あるだけ詰めた。

まるで仕出屋《しだしや》さんのようなお弁当の主食は、予定通り三色おにぎりとサンドイッチとナポリタン。

ただ、こうなると夕飯用のストックはすっからかんなのだが、代わりにおばあちゃんたちが、

「ねえねえ、皆さん。作り置きを使い切ることですし、明日の運動会のあとはハッピーレストランへ行くのはどうでしょう。士郎くんたちが作っているドールハウスのオマケももらえることですし」

「まあまあ、いい案ね。それなら兎田さんや寧ちゃんだけでなく、私たちもゆっくりできるし」

「賛成！　是非、そうしましょう。あ、颯太郎《そうたろう》！　ここから一番近いハッピーレストランの支店ってどこなの？　夕飯の予約がしたいんだけど」

――ってことに決めて、善は急げとばかりに、昨日のうちに予約を取ってくれていた。

おばあちゃんとお祖母ちゃんでもノリノリだが、そこへ鷲塚さんのお母さんが加わると、実行力が倍増するみたいだ。

まだちびっ子たちには言っていないが、間違いなく大喜びになるのが目に浮かぶ。

武蔵と七生にとっては、いいご褒美にもなるはずだ。

ちなみに、今年は役員仕事があるので、父さんだけは一足先に鷹崎部長が園まで送ってくれている。

鷹崎部長に車を出してもらった理由は、役員さんや先生しかいないところで、改めて「きららちゃんのパパ」を紹介するのが目的。

夏休みには引っ越してきて、隣の亀山《かめやま》宅に同居も決まっているから、秋からの転園を希望していて、今日もきららちゃんと見学に来ますのでよろしくお願いします――ってことで、朝から気合いの入ったキラキラ笑顔を振りまいたようだ。

当然、圧倒的に女性が多い先生たちや保護者たちは内心で「きゃ～!!」だろう。前々からそんな話は出ていたものの、入園確定となったら「サタン様が我が園に！」ってなるだろうし、実際に「聖戦天使たちにサタン様まで。なんてリアル天界！」って声にしちゃったお母さんもいたらしいからね。

まあ、ここはクリスマスのときに、鷹崎部長を含め一家総出で聖戦天使のコスプレを披《ひ》露《ろう》した俺たちのせいだから、喜んでもらって何よりです――としか言いようもないんだけど……。

こうしたやりとりは、戻ってきたときに鷹崎部長が恐縮気味に教えてくれた。

ただ、引っ越し先が隣家で、これからそのためのリフォームをするって話は、すでに挨拶を済ませたご近所さん経由なのか、園内にも知っている人たちが多かったようだ。

そのため、おじいちゃんと鷹崎部長と家守社長が遠縁関係にあるって信じている人たちが大半で――。

鷹崎部長としては有り難い反面、周りを騙しているようで良心がチクンとしたらしいんだけど、そこは父さんが、

「あ、そうですよね。遠縁ではなく家族ですからね。ナイトからしたらエリザベスのところは実家ですし。そのエリザベスはうちの子たちの兄弟同然なので、鷲塚家とも親族同然。

そこへ、妻はおばあちゃんの娘同然ですから、当然鷹崎さんたちも亀山宅と。間違いなく、三家とも一族レベルですもんね」

全部引っくるめて遠縁を否定！

脳内で相関図を巡らせた上で、近くて濃い親族ですものね――って断言したものだから、そこで良心も何もぶっ飛んだらしい。

ここはもう、父さんらしいというか、何というか――だ。

それにしたって、俺たちとエリザベスが兄弟同然だから、鷲塚さんの家とも親戚って！

そのノリで言ったら、鷹崎部長は俺との婚約がなくても、エンジェルちゃんはナイトたちと兄妹みたいなものだから、鷲塚さんとも親族。隼坂くんのところにしても、双葉との関係を無視しても、エルマーとエリザベスが夫婦だから親族って括《くく》りになる。

（父さんの思考がウエルカム過ぎて、もう――）

俺は朝からお腹を抱えて笑ってしまった。

思い出したら今も顔がにやけてくるし、これって本当に幸せなことだ。

「気をつけて！　いってらっしゃ～い」

「ばーばー、あとねーっ」

俺は、おばあちゃんたちに「行ってきます」のクラクションを一つ鳴らすと、鷲塚さんのハマーを先導するように、ワゴン車を走らせた。

一緒にこちらへ乗り込んでいた獅子倉部長が、

「プログラムとかないの？」

席の近かった鷹崎部長や充功に聞いているけど、

「俺に聞かれても」

「父さんが持って行ったんじゃない？」

なんて返して、しらばっくれている。

写真やビデオを撮るのに、今日のプログラムは暗記しているだろうに――。

特に充功なんて、自分の運動会のときはプログラムに目を通していなかった上に、家に忘れて回りに聞きながら閉会式を迎えた――なんて言って、大笑いしていた。

武蔵や七生の分は、タイムスケジュールだけでなく、撮影ポイントまで含めて丸暗記だって言うんだから、ブラコンが過ぎるなんてものじゃない。

実際に俺がそう口にしたら、「寧にだけは言われたくない！」って返されたけどさ。

まあ、それもそうかって、結局はそこでも笑い合って終わったんだけどね。

（ん？）

「そうか。そうしたら、園に着いてから確認だな」

——と、ここで獅子倉部長が残念そうにぼやいた。

すると、これを耳にした七生や武蔵たちがニヤリとする。

後部のチャイルドシートに固定されつつ、目配せまでしていた。

（え!? いったいどんな重要ミッションなんだよ！）

バックミラー越しに見てしまい、俺は吹き出しそうになるのを堪える。

間違ってもハンドルを切り損ねるわけにもいかないのに！

でも、「しーしー。えーんえーんね！」を企むちびっ子たちは、今も七生の参加競技〝大好き抱っこ〟のことで、頭がいっぱいなんだろう。

最初は、誰に抱っこをしてゴールまで走ってもらったら、確実に一番になれる!? なんて相談をしていたのに。

意見を求められた士郎が「獅子倉さんは？」って答えたら、即決まりになった。

そこからは「そうだよ！ わざわざカンザスから見に来てくれるんだし、ここで七生から大好き抱っこ！ なんて言われたら、泣いて喜ぶかも!!」と、ノリノリだ。

けど、こうなると七生やちびっ子たちの目的は一番になることではなくなった。

競技に乗じて獅子倉部長を泣くほど歓喜させちゃおう！ と、なったからだ。

とはいえ——。

一度は仕事で来られないかも――などというトラブルを乗り越えてきた獅子倉部長は、無事に帰国ができて、ちびっ子たちから歓迎を受けただけで、泣きそうになっていた。

この上、これだけいる応援団の中で、一生懸命走る七生から「大好き抱っこ！」を求められたら、その場で倒れないか心配になってくる。

さすがに考えすぎかな？　と、鷹崎部長や鷲塚さんにも聞いたんだけど――。

「そこから果たして七生くんを抱えて走れるのかは、もう俺にもわからない」

「充功くんたちなんか、そもそも競技前にしっかりルールを説明しても、舞い上がって忘れちゃう可能性があるって踏んでましたよ。もっとも、そこは士郎くんが、別に七生くんのゴールは獅子倉部長が感涙《かんるい》することだから、一等とかは気にしていないと思う――って笑ってましたけど」

苦笑を浮かべる二人の答えはこれだ。

まあ、こうなると「士郎がそう言うなら、そのまま七生のレースが中断しても大成功か！」って、三人して納得をしたんだけどね。

「あ、着いたよ！」

――と、ここで樹季が声をあげた。

「獅子倉さん！　あそこが俺と七生の幼稚園だよ！」

「きららもお引っ越ししたら、ここに通うの」

武蔵ときららちゃんが説明に声を弾ませる。

獅子倉部長が園へ来るのは初めてだからだろう。

「ほ～う。そうかそうか。園庭も広いし、可愛いログハウスみたいなのも建ってる。立派な幼稚園で、今から楽しみだな！」

獅子倉部長は、ちびっ子相手なら、どんな話でも嬉しそうだ。

ただ、ここまでわちゃわちゃした生活を送っていると、鷲塚さんはどうだっけ？

聖戦天使で園を訪問したときには、確か家の前にトナカイ姿で待っていたから、来ていなかった？

などと、記憶も曖昧《あいまい》だが、いずれにしても鷲塚さんは今回で園から小中高まで弟たちの通い先はオール制覇《せいは》だ。双葉の通う高校にまで行ったことがあるのは、ひたすら人使いの荒い双葉の手伝いで出向いていただけだけどね！

「あっち、なっちゃの～」

「ん？　ああ～。ログハウスは保育園なのか。いいね！　すごく楽しそうだ」

「あいっ！」

七生も指をさして説明し、すぐに理解してもらうと満面の笑みだ。

そもそもログハウスは園の裏にあるから、この車の位置からだと屋根の端っこくらいしか見えていないのに――獅子倉部長もめちゃくちゃ観察力が高い人だ！

「そうしたら、俺と士郎で車を駐めてくるから、双葉は武蔵と七生を先生のところへ。充功はみんなの誘導をお願いね。今日は父さんが、先に場所取りをしてくれるって言ってたから」

「了解！」

「へーい」

俺は幼稚園の正門前でみんなを下した。

「じゃあ、駐めてこようか」

「うん」

ここからは助手席に乗せた士郎と一緒に、一日駐車場を貸してくれるお友達のところへ向かった。

士郎と樹季の同級生兄弟・小川《おがわ》さん宅は、幼稚園の斜め前にあった。

自宅裏にはちょっとした広さの畑を持っている。

我が家ではその並びの空き地を毎年借りており、こうして園行事があるたびに、子どもたち経由で「今年も駐めにおいでね！」と声をかけてもらっていた。

今年なんて二人ともクラスが違うのに、樹季が嬉しそうに声をかけてもらったことを報告してくれて、これには父さんもニコニコだ。

「本当にありがたいね」って言い合い、母さんの遺影《いえい》にも報告をする。

小川さんも母さんとは仲のよかったママ友の一人だから、余計に感極まったのもある。

「本当に毎年すみません。ありがとうございます」

俺は、いつもの場所に車を駐めると、お礼に持ってきたお弁当持参でお宅へ伺った。

ここは三世帯同居でお祖父ちゃんお祖母ちゃんも健在だから六人分だ。

「とんでもない！　うちなんかしょっちゅう士郎くんや樹季くんにお世話になっているのよ。むしろ、こんなことしかできなくて申し訳ないくらい。本当、普段からいつでも使ってね。そう言いつつも、お弁当だけはこうしていただいちゃうんだけど！」

「ありがとうございます！　そう言って受け取っていただけると嬉しいです。ね、士郎」

「うん！　あ、そう言えば昨日の運動会も、ご家族で見学に来てましたよね。今日もこれからですか？」

「そう！　そうなのよ。昨日のソーラン節には一家揃って大興奮だったわ！　おばさんなんか、あのいたずらっ子だった充功くんが――って、泣いちゃったわよ。今日は保護者や卒園生の競技もあるから、うちの子たちどころかお父さんたちまで張り切ってるの。あとで会ったらよろしくね」

「はい！」

「それでは、またのちほど」

「はーい。いってらっしゃ～い」

こうして士郎も交えて、ちょっとした立ち話をしてから、俺たちは園へ向かった。

（いたずらっ子だった充功くんか――。確かに、ここへ越してきたときからのお付き合いだから、小川さんの中では、士郎がいじめられないか監視しようとして、勝手に園内に潜り込んで先生に捕まって、母さんが呼び出されていた――なんて記憶も、色濃く残っていたんだろうな。そして、思わず泣けてしまったというのも、きっと心の中では〝蘭さん、見て！〟って、言ってくれていたのかもしれない）

懐かしいことを思い出しつつ――。

駐車させてもらった場所から園の正門までは、徒歩でも二分とかからない上に、挨拶に寄ったお宅からなら一分内だ。

「そう言えば、双葉兄さんや充功が、鷹崎さんたちに保護者競技を頼んでたよ。自分たちは、お手伝い以外は撮るほうに回るから、ここだけよろしくって」

士郎が思い出したように話しかけてきた。

「そうなんだ。保護者競技って、大縄跳びだよね」

「うん！　獅子倉さんも張り切って参加表明をしてたから、気がついたら一番走り回ることになるかもしれないね」

「それは——。疲れ果てた様子が目に浮かぶね」

獅子倉部長の名前を出すときの士郎が、いつになく悪戯《いたずら》っぽい目をしていた。

獅子倉部長へのサプライズ競技は、もはや七生だけの楽しみではなくなっている。

それはわかるけど、まさか士郎までも。いっとき、仕事で来られるかどうかが危《あや》うくなった分、余計に嬉しいやら安堵したのもあるんだろうが——。

（あ、大翔《ひろと》くんのお父さん）

色とりどりの紙花で飾られた運動会の看板が立てられた正門を通ったところで、俺は足を止めた。開会式を十分後に控えた園内には、保護者や園児たちが揃って所定の場所に着き始めている。

そんな中で、視界に入ってきたのが、武蔵が今年の入園直後にお世話係をしたのがきっかけで遊ぶようになった年少・富山《とみやま》大翔くんとそのお父さん。

彼を囲んで談笑していたのは、二十代後半から三十代前半だろう男性三名で、おそらくこの界隈《かいわい》に住んでいるという会社の人たちだろう。全員ジャージ姿にスニーカーを履いており、親子競技や保護者競技に参加する気満々なのが伝わってくる。

ただ、大翔くんのお父さん以外は、初めて見る人だ。

お子さんかお母さんを見たら「ああ！」ってなるかも知れないが、少なくとも武蔵とは別の学年の保護者かな？

同級生なら、一度や二度は式典絡みで見かけているからね。

「その姿ってことは、部長も親子競技に出られるんですよね」

「ああ。君たちに前もって教えてもらったから、準備万端できたよ」

「確かに、シューズからして気合いが入ってますよね！」

「実は昔、陸上していてね」

「そうだったんですね！　優秀な上にスポーツまで万能だったなんて。さすが、部長！」

盛り上がっているからか、声が俺の耳まで届いた。

会話だけを聞くなら、休日まで上司に気を遣って大変だなって内容だが、部下の人たちがお世辞《せじ》抜きなのは、表情からよくわかる。

なんていうか、完全に俺や部内の人たちとノリが一緒だ。

しかも、その近くでは、奥さんたちも話をしている。

「本当に素敵な旦那様ですね！」

「うちの主人は、転勤されてきた初日から部長さんの大ファンなんですよ。それまで地味だった部署が一気に華やかになった、毎日がドラマみたいだって、浮かれていて」

「それ、うちでも同じことを言ってました。あとは、我が社では部長さんくらいの年齢でも、ここまで昇進できるんだって示されたことで、頑張り甲斐《がい》が出たって。ただ、どうしても嫉妬の対象になるから、そういうところまで含めてドラマみたいだとも」

「……」

話の中心で聞き役に徹していたのは、黒髪を後ろで一つに結び、白いロングシャツにジーンズという軽装でも品を感じる大翔くんのお母さん。

眼鏡をかけているけど、俺の中では見た目の雰囲気というか、印象がきららちゃんのおばさんに近いかな？

そして、他の奥さんたちは、なんとなくどこかで見た覚えがある。

一人は前に七生の保育を見学したときに、一生懸命、積み木をしていた女の子――確か、なみちゃんのお母さんだ。

あとの二人は、お子さんが年中さんかな？　名前まではわからないけど、たぶんそう。

何にしても、みんな笑顔が明るくて、どの御家庭でも旦那さんと話題を共有している——円満だろうことが伝わってくる。

住まいが近く、子供が同じ幼稚園というのもあるんだろうが、ママ友としてもいい関係が出来上がっているふうだし、もとから家族ぐるみの付き合いもあったのかもしれない。

そこへ、本社から栄転してきた部長が、管理職としてはまだまだ若い四十前後。爽やかで人当たりがよいとなったら、一気にオフィスドラマ的なムードが出来上がったって感じだろう。

俺にも覚えがありすぎて、彼らを見ているだけでも、社内の様子が目に浮かぶ。

同時に、三十代前半で部長職に付いている鷹崎部長と獅子倉部長を、また昇進させた会社側・人事部が、どれだけすごいのかってことも改めて実感してしまう。

「あ！　でも、安心してください。部長さん自身は、そういう方が現れるだろうことまで覚悟して来られたようです。最初の挨拶でも、とにかく周りから認めてもらえるように仕事に励《はげ》むのでって深々と頭を下げられて——」

「うん。このひと月くらいで、確実に尊敬する人たちのほうが増えていて、そこもまたすごいんだって、主人もよく言っているので！」

「そうなんですね。いつも主人を支えていただいて、ありがとうございます」

とはいえ――。

若い奥さんたちが盛り上がれば盛り上がるほど、俺には大翔くんのお母さん――富山さんの笑顔が、引き攣っていくように見えた。

ドラマのヒーローのような部長夫が、実は会社での笑顔と引き換えにため込んだストレスを家庭内で爆発させていて、奥さんに当たることや、自身を持ち上げさせることでメンタルバランスを取っている事実を知ってしまったからだろう。

また、どんなに紳士に振る舞い、勤めていても、大翔くんのお父さんにとってのステータスは都心の本社勤めに都心住まい。これが自身のアイデンティティーにも直結しているとなったら、人間関係より改善が難しいストレス源《げん》だ。

しかも、そんな心情を知ってか知らずか、会社には「栄転とかいって、実は左遷《させん》だったりしてな」などと、言う人たちもいるらしい。若さや出世に嫉妬しているんだろうが、これらのせいで大翔くんのお父さんは、余計に「だからこんなところへ来たくなかったんだ！」となっている状態だ。

また、そういう事情や心情を知っているから、富山さんとしてはできる限りのフォローをしようとしている。が、人間我慢には限界がある。

あまりに無茶なことや、モラハラ的なことを言われ続けたら、富山さん自身のメンタルだっておかしなことになってきても不思議はない。

それこそ育児に関しても「大翔くんには一番以外は許さない」「それができなかったらお前のせいだ」的なことを言われすぎて、つい最近までは大真面目に〝手つなぎゴール〟を園や役員会に提案するくらいには、追い詰められていた。

もっとも、この提案がきっかけで、どうしたらそんな発想になるのかと、役員さんたちが原因や理由を聞き出してくれた。

その場には、父さんもいたので、結果——うちでは俺から士郎までが事情を知ることになった。

けど、これはあくまでも現状を正しく知った上で、武蔵や七生が大翔くんと今まで通り仲良くできるように見守るためだ。

充功なんか同級生宅が富山さん家の隣な上に、弟くんが運動得意な園児なものだから、すでに「手つなぎゴールなんて冗談じゃない！　しかも、旦那は堂々と都心上《あ》げの都下下《さ》げをするし、うちの親の心象も最悪だ」みたいなことを愚痴られている。

ようは、こういう話はいったん〝ここだけの話〟にして、変に広めないようにしていこう——というのもある。

だからこそ、部下ご夫婦も富山家の内情を知ることなく、こんな立ち話ができるのだろう。

そうでなければ、悪評ほど広まるのが早い。地元愛に溢れた人たちからしたら「これだからよそ者は！」なんてことにもなりかねない。

ましてや、同社の人が聞いたら、気分がいいものではないだろうからね。

（前はこんな人じゃなかった――か。でも、俺たちは目の前の大翔くんのお父さんしか、知らないからな）

何にしても、今は富山さんも相談相手ができたことで、旦那さんから受けるストレスを受け流せているよう。

それに、当然のことながら、転勤前の良夫賢父《りょうふけんぷ》だった旦那さんとの付き合いのほうが長いから、できれば元に戻ってほしいと願っているだろうし。今しばらく、自分が受け止めていれば、直に改善されるのではないか？　という気持ちで、日々頑張っているのかもしれない。

俺たちはちびっ子たちを通した距離感で見守るだけだ。

何せ、これればかりは他人がどうこうできる問題ではないし――っていうのは、俺の隣で同じように様子を見ていた士郎でさえ、真っ先に口にしたことだしね。

「大翔くんのお父さんも競技に参加するんだね。かなり自信がありそうだし、これは好都合かも」

「好都合？」

　こうした他家の問題に、わざわざ自分から首を突っ込む気はないが、大翔くんのことを思えば、お父さんが転勤前の状態に戻ってくれて、夫婦仲が円満なのが一番だ。

　結局、両親に何かしらの問題が起これば、子供が巻き込まれるのは世の常だし。

　その子供の大翔くんはすでに武蔵や七生と仲良しだから、我が家としても、多少でもできることがあるなら――とは、思っている。

　そして、それはこれまでにいろんな問題解決の手伝いをしてきた士郎も同じで、今日は間接的に大翔くんのお父さんに改善を促《うなが》せればってことらしいんだけど――。

　ただ、士郎がどうやって大翔くんのお父さんの思考を、そういう方向に持っていこうとしているのかは、まったく想像が付かない。

　以前、運動会にはよき夫、よき父、よき上司の見本みたいな鷹崎部長が来るし、そもそもこの辺りのお父さんたちの良夫賢父ぶりは高レベルだし、こうした現実を知ることで、自身を見直すきっかけになれば――、みたいなことを言っていたけど、俺にはまったくピンとこない。

　今も「好都合」と言われても、首を傾げることしかできなかったんだ。

「そう。今回は富山さんに、まずは転勤後の自分が酷いことになっているって、気づいてもらいたい。果たしてこの状態が、本当に理想としてきた自分なのかを確認して、できればそうじゃない、少なくとも、都心や本社へのこだわりに関係なく、転勤前の姿が本来の自分だって思って、改めてくれるのが一番でしょう。ただ、そうした気付きから改善へ向かわせるには、何段階か必要だろうなと思っていたから。競技に参加してくれるなら、丁度いいなと思ったんだ」

「競技参加が……丁度いい」

多分、士郎の中には策というか、こういう段階を踏んでいったら、大翔くんのお父さんも考え直してくれるんじゃ？　っていう、ヴィジョンみたいなものがある。

けど、誰が何を言うでもなく、自分で悪いところに気がついて改善するって、簡単なことではない。

ましてやそれを、他人が意図的に誘導することができるんだろうか？　って思うんだけど――。

「うん。少なくとも自分が理想の父親かどうかってことに、一石が投じられると思う」

「一石？」

「あ、でも寧兄さんはいつもどおり、全力で運動会を楽しんで。僕もそうするつもりだし、みんなにもそうしてもらうのが、一番の近道だと思っているから」

「そ、そう。わかった」

そして士郎は、今日の空のように晴れ晴れとした笑顔を浮かべていた。

今回の富山家のことに関しては、これまでのような策士全開で眼鏡のフレームをクイッというのは一度も出てこない。

(自分が理想の父親かどうか――)

けど、これはこれで士郎に、俺は新たな頼もしさを感じるのだった。

＊＊＊

快晴の中、待ちに待った幼稚園の運動会は、開会式から始まる。

(あと、十五分だ。急がないと――、あ！　いた)

俺は、士郎と別れると、役員仕事に参加するべく、父さんのところへ行った。

――が、

「今日は父さんがやるからいいよ。役員さんたちにも話してあるし、きららちゃんや鷹崎さんに付いていて。今後の予行練習だと思って！」

そう言った父さんに、満面の笑みで客席へ押し返されてしまう。

（え!?　今後の予行練習？　それはきららちゃんの園生活のこと？　それともきららちゃんの保護者にもなる俺自身のってこと？）

何をどう役員さんたちに話したのか、俺は困惑しながらみんながいる応援席へ戻った。

だって、今年の役員会は、母さんのママ友さんたちがメインで動いているし、そもそも父さんだけが出ればＯＫっていうのもわかるけど――。

（いや！　さすがに、運動会前に〝実は寧の婚約者が来るんで〟なんて話をするわけがない。焦《あせ》りすぎだ、俺！　うん。父さん的には、秋からの転園を視野に入れて、今日は鷹崎部長やきららちゃんのお世話をしなさいってことだろう。あ！　そうしたら、お隣のおじいちゃんやおばあちゃんにもお願いしておこう!!）

俺は、あとから到着したおばあちゃんたち用の席――グラウンド真ん前の客席で父さんがキープしたブルーシートへ走った。

さすがにこの大所帯分《おおじょたい》を取るわけにはいかないので、ここはおばあちゃんたちの六人分。

樹季や士郎、きららちゃんなら隙間に入れるし、充功たちは撮影で走り回る。

それに、ランチタイムの大所帯用には、園庭隅の木陰《こかげ》を取ったからって、双葉からもメールが届いていたからね！

「え!?　いないの？」

ただ、このときすでに鷹崎部長と獅子倉部長は、双葉や充功の指示で撮影ポイントだか参加競技の待機場所近くだかへ移動していた。

なので、お祖父ちゃんたちやきららちゃんのことは、士郎と樹季に一任されていたんだけど――。

お祖父ちゃんたち三組夫婦に関しては、おじいちゃんが「ここはわしに任せとけ！」。

きららちゃんは、士郎と樹季が完璧なエスコート。

また、この場にいない鷲塚さんは、なんと！　送迎の第三便で、本郷常務たちを駅まで迎えに行ったと、家守社長が「我が息子ながらいいフットワークだ」って笑いながら教えてくれた。

ちなみに隼坂くん親子は、俺が小川さんのところへ挨拶に行っている間に双葉と合流。

あとから来る本郷常務たちのスペースを含めた大所帯用スペースをキープしつつ、今頃は鷹崎部長たちと一緒になって、カメラを構えているんじゃないかな？　というのが、樹季から説明を受けた士郎の予想だった。

（――ってことは、双葉！　場合によっては、隼坂部長に場所取りや待機をさせてるのか？　この状況で隼坂くんをスペースにおいて、隼坂部長を撮影に引っ張り出してるとは

考えにくいもんな)

内緒にしているとはいえ、彼氏のお父さんになんてことを――とは、俺が言える立場ではない。

隼坂くんにしたって、ブラコンが発動しきった〝使える者はなんでも使うちゃっかり具合は我が家一！　実は樹季以上!!〟な双葉のことまで愛せなければ、一生付き合っていくのは難しいだろうし。もしかして、隼坂部長なら昨日の時点で自《みず》ら《か》本郷常務にスペースキープを志願しているかもしれない。

ただ、こうなると予期せずフリーになった俺は、どこでどうしたらいいんだ!?　となる。

ようは、中学よりもちびっ子相手の運動会のほうが、スタッフ参加を喜ばれるのがわかっているから、俺も父さんもそっちだろうね――って、考えに至ったんだろうが……。

「そうか――。そうしたら俺は、どうしよう。やっぱり、お手伝いしに戻ったほうがいいのかな？」

しかし、途方に暮れかかったのは一瞬のことだった。

「え？　せっかくお父さんが大丈夫って言ってくれたんだったら、一緒に応援しようよ」

事情を知ると、すぐに士郎が俺の手を取り、同時に樹季ときららちゃんが俺の足にガバッと抱き付いてきたからだ。

「やった！　よかったね、樹季くん。ウリエル様と一緒よ!!」

「うん！　やったやった！　寧くんと一緒に応援だ～！　うふふふっ」

「あ、ありがとう」

即、居場所を得たが、俺は思いがけない歓迎に若干《じゃっかん》戸惑った。

けど、この様子を見ていたお祖母ちゃんが、「士郎や樹季、きららちゃんだって、まだまだ甘えたい年頃だものね」って笑うと、鷲塚さんのお母さんも「たまにはね」なんて返して、おばあちゃんも「そりゃそうよね」って意気投合。

お祖父ちゃんたちも「「うんうん」」「ですよね」なんて相づちを打っていた。

（――あ。だよね）

おかげで俺はハッとし、気付くことができた。

最近は樹季までしっかりしたことを言うようになってきたから安心していたけど、これは油断だ。七生はまだマイペースでいてくれるけど、すでに武蔵は頑張ってお兄ちゃんをしていて、当然そういう弟たちのために樹季や士郎も常にしっかりしようとしてくれている。

きららちゃんに至っては、ずっと「みんなのママ」だしね。

けど、充功や双葉から任されることが増えて嬉しい反面、まだまだ自分たちだって甘えたいって思っているのは、当然の年頃だ。

俺だって、時と場合によっては、父さんや鷹崎部長に甘えちゃうんだから、双葉や充功にしたって、そういうときがあるはずだ。

「よし！　じゃあ、今日は一緒に応援しよう」

「「はーい！」」

俺は、改めて三人を抱え込んだ。

「あ、士郎。どこで見るとか決めてあるの？」

「うん。今日は晴真《はるま》たちが、僕らの分まで場所取りをしておくからって、言ってくれたんだ。だから、そこで見よう」

「本当。やった！」

そして、何だかんだ言っても計画的に動く士郎とそのお友達に乗っかって、俺は士郎や樹季、きららちゃんに両手を引かれて、まずは開会式を見ることとなった。

2

午前十時――開会式。

昨日の校長先生もそうだったが、ここでも挨拶は短く、保護者共々怪我をしないように楽しみましょうね――程度で、すぐに準備体操となった。

そうしてお昼までの二時間で行われる競技は、最初に全園児対象の徒競走《ときょうそう》。

それから年少さんの親子競技に、卒園生自由参加によるパン食い競争、最後に未就園児の〝大好き抱っこ！〟で、ランチタイムへ突入だ。

このあたりの進行は、ちびっ子たちに無理がないように組まれており、特に未就園児や年少さんのメイン競技は、気分が乗っているうちに頑張りましょう！　ってところかな？

――で、午後からは全園児でのお遊戯《ゆうぎ》体操から始まり、年中さんのにゃんにゃん玉入れ音頭、年長さんの鈴割り。

そして、保護者の大縄跳びを挟んで、最後は全園児組別対抗リレー。

閉会式では成績発表、園長先生の挨拶、締めにはまたまた全員で体操をして終了で、三時前には解散の予定だ。

明日は中学共々振り替え休日になっているから、夕飯にハッピーレストランでテンションマックスになっても、武蔵、七生はゆっくり休める。

ただし、きららちゃんは帰宅して幼稚園だし、俺たちも仕事や学校だから、そこは気をつけないといけない。

充功に関しては、完全に子守になっちゃうだろうから、休みも何もないだろうけどね。

(それにしても、にゃんにゃん玉入れ音頭ってなんだろう？　にゃんにゃん音頭って、あのにゃんにゃん音頭だよな？　で、玉入れなの？)

大好き抱っこもそうだけど、今年は始めての競技が二つもあるんだな——なんて思いながら、俺はきららちゃんや樹季を両脇に、そして士郎やそのお友達に背後を囲まれて徒競走のゴール前という絶景ポイントに座ることができた。

なんだか申し訳ないが、周りにいるご家族も、そのほとんどが弟たちの同級生だったから——。

「あらあら、寧くん！　いらっしゃい」

「今朝も忙しかったんでしょう？　ちゃんと朝ご飯は食べられた？」

「おにぎりもサンドイッチもあるから、よかったら食べて。あ、麦茶もどうぞ～」

「ありがとうございます。そうしたら、お言葉に甘えて麦茶だけ」

至れり尽くせりだった上に、完全に我が子の友達のお兄ちゃん――ちょっと大きい子供用の対応だった。

これはこれで懐かしい感じだったが、照れくさくもある。

「ウリエル様。あそこにパパたちがいるよ！」

「寧くん。あっちには双葉くんたちだよ」

――と、勢いで麦茶をもらってしまった俺に、きららちゃんと樹季がそれぞれ腕に手をかけ、指をさしてきた。

「あ、本当だ」

見れば、徒競走のスタート地点には鷹崎部長と隼坂くんが、ゴール地点には双葉と獅子倉部長がいて、ビデオやカメラを構えている。この振り分け方を見ても、双葉が受験の合間に彼氏と一日――よりも、弟たちの撮影が最重視なのがよくわかる。

しかも、そうしたら充功はどこだ？　と見渡すと、他のお父さんたちと一緒に、全体を撮れるだろうジャングルジムの上にいた！

それに隣の滑り台の上には、もしかして昨日のカメラマンさん!?

自前とは聞いているけど、今日もかなり立派な三脚付きのビデオカメラで、動画を撮っている。

「――え!? あのナンバーワン撮影ポイントを保護者でもない人がキープしたの? 毎年激戦なのに!」

俺は、思わず背後に立つ士郎に話しかけてしまった。

「そこは昨日と一緒で、データをもらえるからっていうのと、運動会全体を撮ってくれるってことで、充功が撮影仲間の保護者さんたちに根回しをしてたよ。編集したデータを園経由でみんなにも提供するからってことで」

聞けば、俺の知らないうちに、そんなことになっている。

しかも、撮影仲間の保護者さんって!

充功の交友関係の広さも、父さんに勝《まさ》るとも劣らない。

「そうなんだ! すごいね。でも、せっかくの休日なのに、よく二日も続けてきてくれたね。機材もあるのに」

「そこは充功の人望というか、本郷さんの人望なんだと思う。あとは、充功が言うには、単純に懐かしいな、自分にもこんなときがあったな――って気持ちなんだって。あとは、こういう機会がないと、撮ることがないジャンルだからっていうのもあるみたい。カメラマンさん自身は、まだまだ独身予定だから」

「――そう」

こういうのも、いろんなご縁や状況の重なりなんだろうが、今年の動画は間違いなく高レベルなものになりそうだ。

そうこうしているうちに、ここでも運動会定番の音楽がかかる。

「よーい、ドン！」

最初のかけ声とピストル音と共に、全園児参加の徒競走が始まった。

（みんな頑張れ！）

距離はスタートからゴールまでで、グラウンド内の直線で三十メートル程度。

年少さんから一クラス二人ずつ、計六人が順番に走って行く。

すでに、得意不得意があるのは見てわかるんだけど、みんなとにかく一生懸命に走っていて可愛い！

ゴール後は一番から六番までの旗に並ぶところまで、これまでどおりで変わらない。

一番の子を褒めたり、二番の子が悔しがったり。

三番、四番の子が「とりあえずやりきった」みたいな顔でハーハーしていたり、五番六番の子が残念がったり。これは最初の子たちだけど、二番目、三番目と続く子たちも、それぞれに達成感を表現している。

けど、みんな最後まで走って、よく頑張れたね！　って先生たちに声をかけられて、嬉しそうに笑っている。

これって子供たちにとっても、手つなぎゴールでは、絶対に得られない体験だと思うんだ。富山さんだって、育児に対しても日増しに強くなる旦那さんからのプレッシャーがなければ、わかっていたんじゃないかな——と、俺は信じたい。

「行け!!　大翔！　よーしっ!!　一番だ！」

(っ!?)

——と、一際大きな歓声が耳に届くと同時に、大翔くんが一着でゴールした。

声を耳にし、両親に手を振る大翔くんが嬉しそうだ。

お父さんも満足そうに笑っている。

(この光景自体には、なんの問題もないんだけどな……。ん？)

だが、ここで俺は背後に立つ士郎から、不穏な空気？　いや、なんか「しめしめ」みたいな空気を感じ取って振り返る。

すると、士郎が俺を見下ろし、ニッコリ笑う。

「充功が褒めてただけあって、大翔くんは早いね。お父さんもそうだといいんだけど」

「う、うん？」

よくわからない含み笑いに、俺は背筋がぞっとした。

(士郎は、大翔くんのお父さんが、陸上経験者だって聞き逃したのかな？)

多分そうだろうと思い、それ以上は聞かなかった。

今は目の前で頑張るちびっ子たちに目を向ける。

「あ！　武蔵の番だ!!」

何せ、今は武蔵の応援が先だ。

距離が短い上に、六人ずつだから、あっと言う間に年長さんまで進んでしまう。

せっかく良席にいるのに、見逃すことがあったら、後悔じゃすまないからね！

「頑張れ武蔵！」

「早い早い！」

俺たちは目一杯声を張り上げて応援をした。

今にも武蔵から「うぉぉぉっ」って声が聞こえそうだ。

「「「武蔵、頑張れ〜っ！」」」

あっと言う間に武蔵は一着でゴールした。

ジャングルジムの上では、なぜか充功が両手を高々とあげて歓喜しており、カメラは？

と思うも、右隣にいたお父さんが撮ってくれている。

しかも、左隣のお父さんは、スマートフォンで応援していた充功を撮っていて――。

（どんな連係プレイだよ！　事前にそういう打ち合わせでも、してたのかな？）

俺は目をこらしながら、その状況にも見入ってしまう。

すると、その後すぐに充功は、ジャングルジムから下りて、俺たちのほうへ走ってきた。

「いいところに座ってるじゃん。これ、頼むな」

カメラを俺に渡してくる。次の親子競技の手伝いだ。

ここは双葉と一緒に、両親が来られなかった子や、見に来たのが祖父母で――などの理由のある子たちの助っ人要因だ。

以前は先生や役員さんたちがしていたんだけど、当日急に来られなくなる保護者もいるから、そんなときに「俺が手伝います」と言い出したのがきっかけだ。

うちは士郎が年長さんで入園して樹季、武蔵、七生とお世話になっているし、何より当時は、一日でも早く親子揃って園に馴染みたかった。

それで人手が足りないものには片っ端から俺や父さん、母さんで参加をした。

今では十分馴染んでいるけど、それでも双葉や充功がこうして手伝ってくれる。

「え？　そうしたら、俺も行こうか」

「いいよ。せっかくきららたちと見てるんだから——。あ、七生が走るときだけは、鷹崎さんたちと合流して。そのほうが目立つし、直前まで獅子倉さんを誤魔化せるからさ」

「そう？　了解」

充功はそのまま、次の競技を待つ子たちが整列している入場ゲートへ向かった。

そこでは、ゴール方向から走ってきた双葉と合流しているのが見えた。

（こんなときにスマホ？　え？）

ただ、双葉がスマホを手にしたかと思うと、こちらを見て手を振ってきた。

背後で士郎が手を振り返す。

「——士郎？」

「あ、今日はお母さんの携帯電話を借りてきたから、それで〝よろしく〟って送っただけだよ」

「そう」

何か引っかかった。

（頑張ってとかじゃなくて、よろしくなの？　知り合いの子の担当でも頼んだのかな？）

あえて聞くほどではなかったが、そんなことを思った。

普段から士郎の返事は的確だ。きちんと目的に適した言葉を選ぶから、そんなふうに捉えたんだが――。

しかし、その後すぐに士郎から双葉に送られた〝よろしく〟に見当が付いた。

年少さんの親子競技が始まると、双葉が先生に話しかける姿が見えたんだが、なぜか慌てて走ってきた鷹崎部長にその場を任せて、列から抜けたのだ。

そして、鷹崎部長がお手伝いに加わった組には、大翔くんのお父さんがいて――。

以前、公園で会ったことがあるからか、お互いに会釈をしていたのが見えた。

(でも、どうしてここで鷹崎部長に？　いったい何を企んでるんだ？)

「あ！　パパだ。パパよ、ウリエル様」

「本当だ！　きららパパがお手伝いだ！　でも、双葉くん――どうしたんだろう」

「急に、トイレへ行きたくなったみたいだよ。それできららのパパにお願いしたんだって」

俺が怖々《こわごわ》振り返ると、士郎が携帯電話を片手に、樹季たちに説明をしていた。

「そうだったんだ！」

「うわっ、大変。パパ、頑張って！」

(そんなバカな！　あきらかにわざとだろう。これが〝よろしく〟の意味だろう)

そういう建て前で、双葉が鷹崎部長を代打にしたのはわかった。

もしかしたら、これを前提にしていたから、鷹崎部長には入場ゲート近くでカメラを持ってもらったのかもしれないし。

——とはいえ、仮に双葉が士郎からの指令で動いたとして、俺には鷹崎部長と大翔くんのお父さんを一緒に競技させて、なんの意味があるのか想像が付かない。

どういう結果に繋がるのかが、まるで読めなかった。

「よーい、ドン！」

俺が悩むうちに最初のひと組目、鷹崎部長たちがスタートをした。

競技自体は〝幼稚園へ行こう！〟というタイトルで、「よーいドン」で登園セットを入れた袋を持った子供が先に走り、テーブルと椅子が置かれた中央まで来たら着席する。

そして、これを合図に保護者が走り、子供と合流したところから、まずは歯磨きと洗顔の真似事をさせる。

その間に、保護者はおもちゃ箱に入った大箱の中から朝食を選んで、テーブルに用意。

ここでも子供にご飯を食べる真似事をさせて、最後は体操服の上から制服を着せて準備万端——手を繋いでゴールまで走るというものだ。

けど、実はこの競技は年少さん専用で、入園したての幼児の朝がどれだけ大変かを見せたり、理解してもらうためのもの。以前は育児を大幅に担当しているお母さんが出て、お父さんは応援していることが多かったそうだ。

しかし、俺や父さんが参加した翌年から、なぜかお父さんたちがメインで出てくる競技に変わった。

日頃から育児をしているか否《いな》かが丸わかりになる一方で、ここでテキパキしていると、率先して育児をしているのは兎田さんだけじゃないぞ！　と、証明ができる。

それで、お父さんたちのほうから名乗りを上げて、こうして日頃の成果を見せるような競技になったんだ。

もちろん、朝は出勤でそれどころじゃないお父さんたちは、お母さんに感謝しつつ、今日もお任《まか》せだ。なんたってここは都下のベッドタウンだし、お父さんに限らず、通勤で朝が早い人はたくさんいるからね。

（うわっ！　すごい!!　鷹崎部長、急なことなのに担当した男児と息がピッタリだ！　やっぱり毎朝きららちゃんの面倒を見ているだけのことはある！　男児くんもすごい！）

「パパ！　パパ！　頑張って！」

「きららパパ、頑張れ～っ!!」

それにしたって、歓声がすごかった。

俺の周りからは、「あのイケメンパパは、いったいどこから現れたの!?」なんてことも聞こえたが、大半が「あ！　サタン様だ」「サタン様～っっっ」「頑張れ！」「きゃ～っ」

という、園児とママさんたちの絶叫だった。

コスプレをしていなくても、ひと目でわかるところがまたすごい！

しかも、俺はここまで来て、ようやく士郎の意図みたいなものが理解できてきた。

鷹崎部長の隣で、四苦八苦している大翔くんのお父さんを目にしたからだ。

（――ああ。普段からしていないのが、丸わかりだ。競技のことを、前もって聞いてなかったのかな？　もしくは部下さんたちもイクメンだと思い込んでいて何も言わなかった？　それとも聞いてはいたけど、高をくくってた？　あ、もしかして、これが士郎の言っていた、理想の父親像への一石ってこと!?）

一見、この競技は日常の真似事をさせて、服を着せるだけ。

そう思われそうだが、園児たちは大半が初めての運動会で、いろんな形で感情を爆発させる子が多い。

何せ、ちょっと前まで二歳だった子からすでに四歳近い子までいるわけだから、どうしても目に見える成長差も出てしまうし、自己主張の形もそれぞれだ。

普段はできている子でも、あっちをキョロキョロ、こっちをキョロキョロと落ち着きがなくなったり、中には緊張して固まったりしてしまう子もいる。

そうかと思えば、ここへ来ていきなりイヤイヤ期を発動なんて子もいれば、自分からもやろうとして、かえって保護者の邪魔をしてしまう子もいる。

大翔くんは、まさにこの状態だ。最後の仕上げで服のボタンかけに手間取るお父さんを手伝おうとして、幾度も手と手をぶつけ合っていた。

「いいから手を出すな！」

「っ!!」

（うわっ！）

思いも寄らないところで、苛《いら》ついてしまったんだろうが、大翔くんのお父さんが、声を荒らげた。

一瞬、周りの親子や、声が届く位置にいた俺たちまで肩がビクリとしてしまう。

それは鷹崎部長も一緒だ。瞬時に振り返る。

すると、大翔くんのお父さんもハッとし、「ごめん」と言うように頭を撫でた。

けど、さすがにこれはまずいんじゃないか？

俺は、反射的に士郎のほうを見てしまいそうになる。

けど、鷹崎部長が動いたのはそのときで――。

（え？）

担当した男児の支度を終えると、ゴールへは走らずに大翔くんたちのほうへ歩み寄った。

男児と一緒に何か話しかけており、大翔くんがニコニコしながら頷いている。

その間に、大翔くんのお父さんが支度を終えて、鷹崎部長も微笑を浮かべた。

あとは四人で走り出して、一緒にゴールだ。

すでに他の親子がゴールしていたから同着五位だが、鷹崎部長も担当した男児もとてもいい笑顔を浮かべている。

ゴールゲートでは、カメラを手にした獅子倉部長も大はしゃぎで、なんと大翔くん親子の写真まで一緒に撮っていたくらいだ。

大翔くんのお父さんとしては、かなり複雑な心境かもしれないが、大翔くん自身はお友達と嬉しそうにポーズを決めている。

「パパ……、残念。せっかく一番だったのに～っ。でも、優しいほうが大事だもんね」

「うん。残念。でも、きららパパも男の子も、すごくカッコよかったよ！　ね、寧くん。士郎くん」

俺の両脇では、きららちゃんも樹季も複雑そうだった。大翔くんやお父さんをフォローしに行ったのはいいことだから、優しくてカッコイイって解釈にはなるが――。けど、それでも俺には、どうして士郎がわざわざ鷹崎部長を行かせるように仕向けたのか、見当が付かない。

仮に大翔くんのお父さんが、この競技ではボロが出てしまうだろう、自身の理想の父親像からは外れてしまうだろうと予測したとしても、そこへ鷹崎部長をぶつけることになんの意味があるのか？

さすがに鷹崎部長と自分を比較させて——は、ない気がするし。

（士郎？）

すると、そんな俺を見て士郎がニコリと笑った。

「双葉兄さんでも間違いなくフォローをしたと思うよ。けど、今の大翔くんのお父さんの気持ちは、鷹崎さんのほうが共感できるんじゃないかなと思って」

「共感？」

「あ、士郎くん！　そろそろだよ。入場ゲートに行かないと」

しかし、俺が聞き返すと同時に、樹季が声を上げた。

次の競技は卒園生のパン食い競争だ。

見れば年少さんの競技も三分の一が終わっている。

「頑張って！　樹季くん。士郎くん」

「あ、俺たちもじゃん」

「「行こう、行こう！」」

きららちゃんに応援されて、周りのお友達も動き始めたので、俺もここは流れに任せて、

「いってらっしゃい！」

競技に参加する士郎たちを見送った。

少なくとも士郎がよかれと思い、鷹崎部長をまずは大翔くんのお父さんに接触させたんだってことだけはわかったから。

（共感――か）

それでも、今の俺には鷹崎部長と大翔くんのお父さんの共通点なんて、若くして部長職というくらいしか思い当たらない。

特に鷹崎部長に関しては、あまりに若すぎて他部署の部長どころか、課長クラスにまで嫉妬をする人がいるって、前に横山《よこやま》課長や野原《のはら》係長も零していた。

逆に、だからこそ俺たちが支えようという気になるっていうのは、大翔くんのお父さんを慕う部下たちも同じなのかな？

ただ、仮にそうだとしても、鷹崎部長は大翔くんのお父さんからしても相当若い部長だ。共感よりも嫉妬のほうが先立ちそうな気もして、俺としてはハラハラしてしまう。

（ん？）

そんなことを考えていると、きららちゃんが身体を寄せてきた。

めちゃくちゃご機嫌そうに俺を見上げてくる。

「楽しい？」

「うん！」

すると、きららちゃんの笑顔に、俺の心中にかかっていた雲が一瞬にして吹き飛んだ。

つい、いろんなことを考えて気が逸れてしまっていた。

けど、せっかくなんだから集中して楽しまなかったら、もったいないもんね。

（うん！　あとはもう流れに任せるしかない。ここからは応援だけに集中しよ）

そうして俺は、きららちゃんに「よかった」と言って笑い返した。

そこからは、樹季や士郎たち卒園生が参加をするパン食い競争を堪能することにした。

＊＊＊

卒園生といっても、今年一年生になったばかりの子から、すでに大人までいて、年齢層は幅広い。

なので、個包装されたパンが吊してある紐の長さに合わせて選手を並ばせたり、小学校低学年の子には、パンの側でサポートしてくれたりする役員さんが付いている。

ついでにこの役員さんが、たまに大人の邪魔をしたりもするので、そこで笑いが起こって、場内がいっそう大盛り上がりする。

今も男性が颯爽《さっそう》とパンを咥《くわ》えて走るも、あとからパンを咥えた一年生を抱えて猛ダッシュしてきた役員さんに追い抜かれてギョッとしていた。

役員さんもここぞとばかりに楽しんでいるのがわかる。

レースは一度に十人が走るが、わざと大人から子供まで混ぜて組むのは、こういう遊び心もあるからだ。

「あ！　樹季の番だ」

そうこうしているうちに、「よーい、ドン！」で樹季たちが走る。

それこそ二年前は、役員のお父さんに抱っこでパンを取らせてもらい、そのまま抱えて走ってもらって一着ゴールとか、ちゃっかりぶりを大披露したのに――。

今日は自力で一生懸命、走っている！

「樹季くんがぴょんぴょんして、パン食べた！　すごい!!　大人も一緒なのに、三番でゴールしたよ。ウリエル様!!」

「本当だ！　すごいね」

大人から中学生あたりには、パンの紐の長さでハンデを付けてあるので、低学年でも足の早い子なら一番になれる。

そこまで速くなくても、樹季のように三番になれたりするのがこの競技のいいところだ。

まあ、ここはあくまでもお楽しみ競技だからね！

それにしたって咥えて取ってきたパンを大事そうに抱えた樹季は誇らしげだ。

今は所定の撮影場所に戻ってきた双葉からも「よしよし」と頭を撫でられ、獅子倉部長も写真を撮りまくりでいっそう大はしゃぎだ。

「次は士郎くんだ」

「うん！」

そうして今度は士郎の番だ。

自他ともに認める〝運動は苦手〟な士郎だが、それでも手を抜くことはいっさいない。

今も「よーい、ドン！」と同時に、「死ぬ気で走れ、士郎！」などとジャングルジムの上に戻った充功に大声で叫ばれたが、赤面しながらも「わかってるよ！」と叫び返して、パンに向かって走る。

この時点で場内からはドッと笑いが起こっているし、その後の走りが低学年の子と大差がなくても、これが全力疾走なのはよくわかる。

「頑張れ、士郎くん！」

「士郎！　食《く》いつけ‼」

パン食いのピョンピョンにしても、今にも役員さんが助太刀《すけだち》したそうな顔で、オロオロしている。

だが、当の士郎は「おかまいなく！」って感じで、自身の全力を貫いていた。

「「「士郎くん！　頑張って‼」」」

「「「士郎！」」」

お友達や保護者さんたちも応援してくれて、ようやくパンに食いついたときには、「「「おおっ！」」」って大歓声！

その後も士郎は漫画だったら〝てってってっ〟と効果音がつきそうな感じの走りで最後にゴールしたんだけど、きららちゃんも俺たちみんなで「「「やったー‼」」」と拍手喝采《かっさい》だった。

しかも、当の本人はゴール後に向き直って——応援してもらった感謝かな？　みんなに対して、めちゃくちゃ綺麗な一礼をして引っ込んだものだから、

「「「きゃーっっっ‼」」」

今度は悲鳴みたいな歓声が上がった。

俺の周りにいたお母さんたちまで、

「やっぱり士郎くんは、立ち振る舞いまで神童様よね」

「この年にして、すでに紳士！」

「今年は五年生にして児童会長！　やっぱり天性の王子様キャラよね」

「充功くんといい士郎くんといい、子供の頃に読んでいた少女漫画のヒーローみたい。娘の言い分じゃないけど、どうして同級生に産んでくれなかったのよ！　って気持ちも、解るわ〜っ。同じ町内に住めているだけ、親に感謝しろって言い返しちゃったけど」

「それ！　うちもよ!!」

――なんて、大盛り上がりだ。

俺としては、「少女漫画のヒーロー」がツボに入って、また吹き出しそうになる。

「わーっっっ!!　士郎くん、カッコイイ！」

（きららちゃんまで！）

しかも、樹季と揃って席へ戻ってくると、

「はい、きらら。これ、地元のパン屋さんので、すごく美味しいんだよ」

「きららにくれるの!?　ありがとう！」

士郎が自分が取ってきたあんパンをきららちゃんに渡した。

すると、さらに周りから「おお〜」「イケメン！」って声があがる。

こうなると、周りからの評価に、順位は関係ないことが改めてわかる。

しかもそこへ樹季が、

「これはみんなで分けるからね」

そう言って士郎や俺に見せてくれて、俺は「樹季っっっ!!」と叫んで抱き締めたくなったが、ここはグッと堪えた。

「そしたらきららのも！　おじいちゃんやおばあちゃんたちとも、みんなで食べたら、もっと美味しいもんね！」

（ああああっ！　世界中に向けて自慢したいっ！　うちの子全員、いい子で可愛いっ!!）

もう、この時点で俺のブラコンバロメーターは振り切れそうだ。

しかし、たったの二競技で身内贔屓を爆発していたら、身が持たない。

「そろそろみんなと合流だね」

――そう!!

士郎が言うとおり、ここからはいよいよ七生と獅子倉部長の〝大好き抱っこ〟だ。

一応獅子倉部長には、競技前に充功や双葉が説明することになっている。

自分たちは撮影に専念をするから、それ以外は七生が見つけやすいようにみんなで固まっていてあげて――とか伝えて、合流を促す手はずだ。

（いつにもましてドキドキしてきた！）

そんなことを思う間に、鷹崎部長が獅子倉部長やビデオカメラを手にした鷲塚さんと一緒にやってきた。

この場にいるお友達や保護者たちにしても、次の競技に七生が出ることはわかっているから、三人が「すみません。今だけなので」と言う前に、「どうぞどうぞ」で場所を空けてくれた。

未だなんにも知らない獅子倉部長は、鷹崎部長に向かって「もしかしたら、大サービスで鷹崎を指名してくれるかもな」なんて言って、ニヤニヤしている。

（そういう考えもあるのか！　いや、普通だとむしろそうなる？）

獅子倉部長の中には、きっと樹季たちがいかにして七生を一番にするか、そのための走者を選ぶかという非情にシビアな話し合いがされたことは、想像もできないのだろう。

絶対に「好き」基準で選ぶだろうと思っているからね。

「――と、見せかけて兎田なんだろうな。兎田さんは役員仕事だし、双葉くん充功くんは撮影だ。しかも、抱っこで走るとなったら、士郎くんや樹季くんでは大変になりそうだし。絶対兎田以外にいないもんな！」

「だな」

結局、鷹崎部長を持ち上げつつも、獅子倉部長は七生が俺以外を選ぶわけがないって思っていた。

けど、ここまで頑《かたく》なに思い込んでくれているほうが、驚きや感動も大きいだろうから、七生的には大勝利間違いなしだ。

(頑張れよ、七生。そして、獅子倉部長!!)

――と、ここで突然きららちゃんが俺の腕を掴んできた。

「どうしよう……、ウリエル様。おトイレ」

「え!　大変。そうしたら急いでいかないと」

こればかりは、生理現象だ。変に我慢をされて、体調が悪くなったら大変だし、むしろこんなときだからこそ、正直に言ってくれたことをうんと褒めなきゃ！

きららちゃんだって、七生の大好き抱っこは楽しみにしていたんだし!!

「寧くん。それなら私が。お手洗いだし」

いつの間に背後にいたんだろう?

うちの向かいに住む柚希《ゆずき》ちゃんママが名乗りを上げてくれた。

「え?　でも――」

「大丈夫。任せて。ね、きららちゃん。おばさんでも平気よね」

「うん！　ありがとう。柚希ちゃんママ」

「すみません。ありがとうございます。お願いします」

鷹崎部長も一緒になって頭を下げる。

やはり、ここは柚希ちゃんママにお願いするのが正解なんだろう。

連れて行くのは女子トイレだし、知らない人から見たら俺は父親には見えない年の男だ。

ましてや、園舎内に詳しいわけでもない鷹崎部長が連れて行くよりは、早く行き来もできる。

「有り難いことだな」

「――はい」

鷹崎部長もこの辺りの気遣いは、すぐに察したのだろう。

（もし間に合わなかったら、きららちゃんには動画を見てもらって、みんなで説明しよう）

俺は、七生の番があとのほうだといいな――なんて祈りながら、アナウンスと共にスタートゲートから出てきた未就園児たちを見た。

膝当てやグローブを付けているのは、毎年必ず勢いに任せてスッ転ぶ子が出るからで、参加人数が保育園へ通っている子たちより多いのは、来年入園希望をしているちびっ子たちも含まれているからだ。

（うわっ！　よりにもよって七生は一番の組か――。考えたら、保育園の中でも小さいもんな）

俺は、ここでも六人ひと組でスタート地点に立った七生を見ながら、こればかりはしょうがないかと、気持ちを切り替えた。

「頑張れ！　七生」

「七生くーんっ‼　こっちだからな〜っ！」

樹季や獅子倉部長が声を上げる。

七生は六人の中でも一番小さいが、ものすごい真剣な顔でスタートポーズを取っていた。

このあたりは、充功に習っていた成果だろう。

「位置について！　よーい、ドン！」

心臓がはち切れんばかりにドキドキする中、七生たちが一斉にスタートをした。

年のわりに足腰が強いから、たったたっ――と、一直線に俺たちのところへ走ってくる。が、気合いが入りすぎたのか、グラウンドの真ん中当たりで躓《つまず》いた。

勢いづいて、前のめりにすっ転んだ‼

「七生！」

叫ぶと同時に身体が前へ出た。

けど、ここは「兎田！」って叫びと共に、獅子倉部長から腕を掴まれる。

すでに武蔵が七生に向かって走っていたからだ。

「七生！　起きれるか？　だめか？　だめなら教えて！」

両手、両肘を突いてしまった七生に、武蔵が問う。

ここで周りが手を出してしまうと、離脱になる。

それは全競技共通だから、武蔵も手を出さずに声だけをかけている。

「なっちゃ、へーきよ」

すると、膝当てやグローブのおかげか、七生は汚れてはいたけど、しっかり顔を上げた。

この分だと、打ち身もなさそうかな？

「本当か!?」

「なっちゃ、へーき！」

再度確認されて、力いっぱい答える。

もう、俺はこの時点で目頭が熱くなっていた。

「よし！　行け!!」

「あいっ！」

武蔵に檄《げき》を飛ばされ、七生が返事と共に走ってきた。

勢いこそ落ちているけど、まっすぐに俺たちのほうへ走ってくる。

獅子倉部長がそれとなく、俺の背を押してきた。

けど、七生が向かった先は計画通り、獅子倉部長で――。

「しーしー！　だいつぅき抱っこ！」

「!?」

（え!?　だいだいよーじゃない！）

ちょっと変な発音になっていたけど、七生は満面の笑みで獅子倉部長に両手を伸ばした。

獅子倉部長は一瞬「はい？」って、困惑しているだろうことが、隣で見ていてよくわかる。

「獅子倉部長！　早く、七生くんを抱えてゴールに走って！」

「獅子倉！　早く!!」

「え？　あ？　おっ？」

鷲塚さんと鷹崎部長に急き立てられて、更には士郎や樹季たちからも「早く」「急いで」と言われる。

そこへ、今一度七生から「しーしー、抱っこ！」って叫ばれたものだから、さすがに獅子倉部長も自分が指名されたと実感したようだ。

「お、おう！」

両手を広げた七生を抱えると、それこそ一目散《いちもくさん》にゴールへ走った。

「早い早い！」

「獅子倉さん頑張れ!!」

事前に想定していたのが、あだになったんだろう。獅子倉部長は、感動より何より驚きが勝ってしまい、七生が目論《もくろ》んだ「えーんえーん」にはならなかった。

もっとも、こればかりはあとからジワジワくるパターンかもしれないが――。

なんて思っていたら、大正解だ！

ゴール前に待機していた双葉から、すぐに「計画成功！　ゴール後、獅子倉さんが七生を抱き締めたまま大感涙！」のメールが届いた。

どうやらゴールの様子は隼坂くんが撮ってくれているようだ。

ここでの様子は鷲塚さんが撮ってくれたし、全体的には充功やカメラマンさんが撮ってくれているだろうから、これはもう家宝レベルの記録が残りそうだ。

「あ！　きららちゃんだ!!」

「え？」

だが、俺の驚きはここからだった。

次々とスタートする未就園児たちの列の中に、いつの間にかきららちゃんが交じってい
る。

しかも、俺が振り返ったときには「よーい、ドン！」で、こちらへ走ってきて――。

「ウリエル様！　大好き、抱っこ～っ‼」

両手を広げると、なんと！　俺に向かって叫んできた。

「――っ‼」

全力で走ってきたきららちゃんのほっぺたは真っ赤になっていて、さらさらで艶々な黒
髪も少し乱れていた。

でも、その場にいた全員が視線を奪われるくらいの美少女ぶりを発揮していて――。

「寧兄さん！　早く‼」

「寧くん！　急いで‼」

「あ、ああ！」

しかし、これらに驚愕している場合ではなかった。

俺は今、間違いなく獅子倉部長と同じか、それ以上の驚きに後頭部を殴られたみたいに
なっている。が、まずはきららちゃんを抱えて走らなきゃ！

「きゃ～っ！　ウリエル様～っ‼」

「寧お兄ちゃん、カッコいい〜！」

「頑張れ、寧くん！」

「いいぞいいぞ〜!!」

ゴールまでの距離は大したことがないが、すごい歓声が俺たちを包んでいた。

俺はきららちゃんを抱っこしたまま転ばないように、ただただ気をつけて走り続ける。

「わーい！　ウリエル様、三等だ！」

そうして、結果だけを見るなら、俺たちは六人中三番目にゴールをした。

記念品というか、ご褒美はみんな一緒だから、本当に順番はどうでもいいんだけど。

それより何より、「大好き抱っこ」で受けた衝撃が大きすぎて——。

「寧兄！」

「寧さん！」

俺は、ゴールゲートにいた双葉や隼坂くんの顔を見たとたんに、腰が抜けたかと思うくらい下肢から力が抜けてしまった。

きららちゃんを下ろしたあとは、その場にしゃがみ込んで——。

〝ウリエル様！　大好き、抱っこ〜っ!!〟

脳内に回り続けるきららちゃんの笑顔と声に、何かこう——込み上げてくるものが抑え

きれなくなってしまい……。

「兎田！　お前もか!!」

「獅子倉部長！」

正直に言うなら、予期せぬことに混乱もしていたんだろう。

俺の元に駆け付けてきた獅子倉部長と一緒になって、言葉にならない思いを巡らせながら――、

「しーしー、ひっちゃ、えーんえーんね！」

七生に力いっぱい冷やかされてしまうのだった。

3

午前中の競技が終わると、俺たちは一カ所に集まり、ランチタイムへ突入した。

場所はトラックから離れた園庭の壁側で、隼坂部長がキープしてくれてた大木の下だ。

ほどよく風が通るので、心地好く休める。

それにしたって、大所帯だ！

「富山部長。こっちですよ」

「ありがとう。悪いね」

左右前には、富山さんたちのグループや柚希ちゃんママたちを始めとする弟たちのお友達の家族がお弁当を広げ始めて、いっそう賑やかだ。

富山さんのところに関しては、事前に武蔵が大翔くん経由で隣に誘ったと聞いている。

このあたりは間違いなく士郎の誘導だろう。

ここからの展開にヒヤヒヤはするけど、会社関係のお友達の中には七生と同じ保育のなみちゃんもいる。

他の子供たちもキャッキャして楽しそうだし、人見知りをしている子もいないから、その点は安心だ。

「お疲れ様。すごかったわね、樹季ちゃん。みんなも本当によく頑張ったわ」

「うん、おばあちゃん！　武蔵もきららちゃんも七生も、僕も士郎くんもいっぱい頑張ったよ！　もちろんお父さんや寧くん、双葉くんやみっちゃんもね！」

「あ、双葉。充功。士郎。来てくださったみなさんに、おしぼりやお食事をお配りして」

「「はーい」」

お祖母ちゃんたちがお弁当を広げている中で、弟たちが率先して手伝っている。

「廉太郎。撮影はちゃんとできたの？」

「バッチリ！　というか、みんなで手分けをしているから、多少のミスが出たとしても、補い合えるようになってる」

「そう。それは素晴らしいわね。あ、あなたも双葉くんたちを手伝って」

「了解」

鷲塚さんだって動き始めた。

それなのに俺ときたら、嬉しさと恥ずかしさ、何よりやられた感がいっぱいで、使い物にならない。本郷常務たちや隼坂部長たちに挨拶だけはしたものの、その後は目の前に座る獅子倉部長と顔を見合わせて、微苦笑を浮かべ合っている。

鷹崎部長も「おいおい」って言いたげだ。

だが、さんざん獅子倉部長がどうなるのかをイメージしていたにもかかわらず、いざ自分が「大好き抱っこ！」を受けたときの衝撃たるや、説明のしようもないから仕方がない。

「やったな、きらら！　ひとちゃんにサプライズ大成功！」

「うん！　やったあ！」

「きっちゃ、ったぁ！」

武蔵ときららちゃん、そして七生の笑顔に、俺は心底から溜め息が漏れる。

よく考えたら、しっかり者のきららちゃんが、あんな大事な場面で「おトイレ」なんて言うこと自体が変なのに。

けど、体調重視で考えたら、やっぱり正直で偉いねって褒めることだから、ここはもう気持ちよく「やられた！」ってことになる。

「それにしても、きららが大好き抱っこって――。いつ決めたんだ？　ビックリしてスマホを落とすところだったよ」

「だよな！　未就園児にきららも入るなんて、まったく頭になかった。ってか、決まったらすぐに言えよ、士郎。ぶっちゃけ、周りがきららの可愛さにざわつかなかったら、見逃してた。撮り損ねるところだったぞ」

「知らないよ！　そうやってなんでもかんでも僕を首謀者《しゅぼうしゃ》にしないでよ」

しかし、このきららちゃんのサプライズに関しては、双葉や充功どころか、士郎も知らなかったようだ。

周りを見渡すも、誰もが「俺じゃない」「私でもないわ」と目配せを送り合っている。

――が、こうなると逆に一人しか思い当たらない。

まだこの場にいない父さんだ！

「あのね！　朝にね。〝みんないいな。きららも何か出たいな～〟って言ったら、パパがミカエル様に聞いてくれたの。そうしたら〝七ちゃんと同じ、大好き抱っこなら出られるはずだよ〟って。だから、きららも出たい！　って、お願いしたの。パパには七ちゃんの抱っこをちゃんと撮っといてね！　って言って」

きららちゃんが嬉しそうに種明かしをしてくれる。

俺は、鷹崎部長まで知っていたのか――と、驚く。が、言われてみたら納得だ。

（あ、だからトイレって言ったときにも、鷹崎部長は〝なら、俺が〟って言わなかったんだ。普段なら真っ先に言うだろうに――。きっと最初から柚希ちゃんママにお願いしようって、父さんと決めてたんだな。うわっ！　本当にやられた～!!）

　そんな話をしていたら、父さんが「お待たせ」って、役員仕事から戻ってきた。

「「「お疲れ様です！」」」

「お邪魔してます」

「「わーい！　お父さん!!」」

　鷹崎部長たちや本郷常務が声をかけ、樹季や武蔵が率先して座る場所を作る。

　獅子倉部長もこれには姿勢が正しくなって、俺もここは便乗だ。

　気持ちを切り替えるのは、今しかない！

「ありがとう。あ、寧。もう、大丈夫？　まさか――、父さんもビックリだったよ」

「うん」

　この言い方だと、父さんもきららちゃんが誰をお目当てに参加するのかまでは、知らなかったみたいだ。

　普通に考えたら鷹崎部長を想像するだろうし、獅子倉部長と一緒に感涙まではいかずとも、絶対に嬉しいのは確かだからね。

　――と、ここまで頭が回ったところで、俺は冷静になれた。

「あ、でも……。俺でよかったのかな？」

今さら何をって気はするが、鷹崎部長のほうに視線を向ける。

すると、

「きららは兎田がよかったんだよ。な」

「うん！　パパも大賛成だったよね！」

二人から最高の笑顔が返ってきた。

（兎田がよかった――か。鷹崎部長！）

さりげない言葉遣いからも、きららちゃんの選択に迷いがなかったことが伝わってくる。

――やった！

「そう。よかった」

俺が心から安堵すると、双葉や充功も「よかったね」「でも、すげえサプライズだったな！」なんて言って、俺にもおしぼりや取り分けたお弁当を渡してくれた。

見れば、士郎や樹季もみんなに紙皿や飲み物を配っている。

武蔵や七生は、周りのお友達と交換かな？

お祖母ちゃんから重箱の一段をもらって、大翔くんたちのところへ持っていった。

すかさず、ご両親たちから「ありがとうございます」「こっちのお弁当も食べて」「お菓子とジュースもあるわよ」などと声がかかる。

中でも大翔くんのお父さんは、改めて鷹崎部長を見ると、

「先ほどは、どうも。お恥ずかしいところをお見せして――」

照れ笑いを浮かべながら、頭を下げてきた。

「いいえ。家に居るのとは、勝手も変わるでしょうから、慌ててしまいますよね」

鷹崎部長はちょっと恐縮しつつも、笑顔で返す。

すると、これを見ていた他のお父さんたちが身体をずらしたことで、二組の境がなくなった。もともと俺たちは大人数だし、すでに何組かに別れて会話をしていたのもあり、自然とこちらでひとつの輪ができた。

それも、見事にサラリーマンの輪だ。

鷹崎部長の近くにいたのが、俺と獅子倉部長と鷲塚さん。

大翔くんのお父さんの側には、同じ会社のお父さんたち。

周りの人たちも和《なご》やかな雰囲気で、伏し目がちになったのは富山さんだけだ。

まあ、双葉や充功、士郎はそれとなく目配せをしたりしているし、父さんもいつもどおりニコニコしているけど、内心はどうなんだろう。

大翔くんのお父さんに軽く会釈《えしやく》はしたが、今は本郷常務や隼坂部長と話をしていたから、その場から動くこともない。

「パパ！　きららちゃんは秋から幼稚園なんだって。武蔵くんが言ってたよ！」

「きららちゃん？」

――と、ここで嬉しそうに報告をしてきた大翔くんが、お父さんの混乱を招いた。

「こんにちは。鷹崎きららです」

急に紹介をされたきららちゃんが、挨拶をする。

すでに見知った子もいただろうけど、樹季張りに「うふふっ」と微笑む姿は、やっぱり美少女そのものだ。

一緒にいたお父さんたちだけでなく、お母さんや子供たちまで「まあ、可愛い」「きららちゃん、可愛い！」とニコニコしていた。

この反応を見ただけで、俺は嬉しくなってくる。

「はい。ありがとう。大翔の父です。よろしくね。――でも、きららちゃんは秋から途中入園なの？　そうしたら、先ほどの年少の男児くんは？」

事情を知らなければ、不思議に思うだろう。

大翔くんのお父さんは、ここではじめて先ほど声をかけてきた男児がこの場にはいないこと、おそらく最初に公園で会ったときにも、そう言えばいなかった――ってことに、気がついたようだ。

「ああ。先ほどの年少競技は、お手伝いだったんです。夏にこちらへ引っ越してくる予定なので。それで娘も、競技に参加させてもらって」

「あ、そうだったんですね。てっきり地元の方なのかと思っていました。今から園行事に参加だなんて、熱心なんですね」

「そんなことはないんです。これまでは、全然。なので、今からでも兎田さんご一家を見習おうと思って」

「なるほど」

食事しながら、そつがない話が続く。

けど、きららちゃんを連れた鷹崎部長はともかく、子連れでもない鷲塚さんや獅子倉部長の存在が気になったんだろう。

他のお父さんたちが「で、こちらは？」と言いたげに、視線を向ける。

「あ、俺たち全員、兎田と会社が同じなんです。あとは、兎田のお隣の亀山さんとも縁があるもので」

鷲塚さんは、ひとまず俺の同僚であることを踏まえた上で、おじいちゃん家の関係者設定をアピールしていた。

「俺は独身のボッチなんですけどね。すっかりこの和気藹々《わきあいあい》の虜《とりこ》になりまして」

「獅子倉さんは、みっちゃんや俺たちの運動会を見に、カンザスから来てくれたんだよ！」

「「カンザス!?」」

獅子倉部長がさらっと流すつもりで話しただろうところへ、武蔵が満面の笑みで補足を入れたものだから、お父さんたちはビックリだ。

大翔くんのお父さんも、これには「ちょっと意味がわからない」みたいな顔をしている。

「しーしー。ね〜っ」

七生は周りが驚いたことが嬉しかったのかな？

獅子倉部長が来たことを自慢するように側へ寄った。

食べかけのサンドイッチを手に、ちゃっかり獅子倉部長の胡座《あぐら》の上に腰を落とす。

「ね〜っ。七生くん、今日は大サービスだな〜。本当、来てよかった！」

「ふへへへっ」

見る間にあやしい成人男性と化していく獅子倉部長にヒヤヒヤしつつも、その一方で俺は本郷常務が気になった。

七生、昨日のランチタイムは、本郷常務にべったりだったから――。

（父さん、フォローを……あ、すでに双葉と充功が！　ナイス!!）

ここはすでに二人が完璧な対応をしていた。

昨日の中学校とは違い、今日はお友達もたくさんいるから、ちびっ子たちがうろつくことは想定していたのかな？

カメラマンさんも来てくれているから、余計に話が弾んでいるっぽい。

きっと「撮れた動画や写真は、本郷常務たちにも」なんて、言っているんだろう。

お弁当を食べながら、笑い合っている。

「――えっと。本当にカンザスから運動会を見に来られたんですか？　ご自身のお子さんでもないのに？」

「出張でもないんですよね？」

とはいえ、俺があちこち気にしている間も、獅子倉部長たちは話を続けていた。

「あ、もちろん仕事もありますよ。偶然重なったというか、なんというか――。おかげで旅費が経費になりました」

「ですよね！」

「はははははっ」

獅子倉部長もお父さんたちの反応から、〝ここは正直に話したらまずい〟と察したんだろう。それとなく優先順位を誤魔化して、膝に抱えた七生相手に「ね～」とやっている。

当然、仕事があとからくっついてきたことを知っている鷹崎部長や鷲塚さんは、今にも失笑しそうだ。

「それにしても、カンザスですか。海外転勤のあるお勤め先なんですね」

その一方で、大翔くんのお父さんは、俺たちの勤め先が気になりだしたのかな？

考えるまでもなく、俺たちも大翔くんのお父さんが勤める会社名も業種も知らないわけ
だけど――。

(これで実は同業のライバル社でした――なんてことになったら、どうしよう。さすがに
そこまでの偶然はないと思いたいが。ん？)

――と、ここで俺は、七生がお尻をモゾモゾし始めたことに気がついた。

「七生くん、もしかしておトイレ？」

獅子倉部長も気付いて、聞いてくれた。

七生は力いっぱい首を横に振る。

「なっちゃ、へーきー」

「そう。なら、よかった」

獅子倉部長は安堵していたが、七生はあきらかに様子がおかしい。

この場が楽しいから、離れたくないのが見てわかる。

しかも、あのモゾモゾ加減は小じゃない！

俺は見過ごせなくて、七生のほうに両手を伸ばした。

「七生。本当に平気でも、今のうちに行っておかないと、午後からのお遊戯《ゆうぎ》体操ができなくなっちゃうよ」

「――あ、それもそうだな。そしたら、先に行っとこうか」

「なっちゃ、へーきーっ」

俺はこの場の流れも心配だったが、こちらは鷹崎部長に獅子倉部長、鷲塚さんの三強だ。きっと話がどこへ飛んでも、そつなく対応してくれるだろうと信じて、まずは七生のトイレを優先――いや、強行することにした。

「絶対に平気じゃないだろう。すみません。ちょっと連れて行ってきます」

「ああ。いってらっしゃい」

「士郎たちも、あとを頼むね」

「はーい」

万が一のことを考えて、士郎たちにも俺が席を立つことを知らせてから、七生を獅子倉部長から引き剥がす。

ここまでされると諦めが付いたのか、七生も俺に抱かれてくれた。

「他におトイレに行きたい子はいる？　いたら、一緒に行こう」

「あ！　僕も。七生のリュック、持っていく！」

声をかけると、真っ先に七生のオムツセットを持って、樹季が立ち上がる。

「俺も！」

「きららも～っ」

続けて武蔵やきららちゃんも手を上げて、一瞬鷹崎部長が「なら、俺も行こうか？」って顔を向けてきたが、

「そうしたら、私たちも先に」

「そうね。今のうちに」

ここは、なみちゃんママや富山さんたちが立ち上がったので、「悪い。そうしたら、頼むな」って言ってもらうことになった。

「はい。任せてください。さ、みんな行こうね」

「「はーい」」

そうして俺たちは、園舎内にあるトイレへ向かった。

＊＊＊

限られた数しかない個室トイレの前には、すでに何人もの親子が並んでいる。

「ひっちゃ～っ」

「ほら、混んでる。漏れる前に来てよかっただろう。それともみんなの前でオムツ交換したかったか？」

「や～」

「だろう。せっかく出そうってわかるようになってきたんだから、こういうときはおトイレが先だからね」

「あ～い」

七生はよほどあの場にいたかったのか、少し唇を尖らせていた。

それでもトイレの順番が来て、幼児用の小さな便器できちんとすませると、かなり誇らしげな顔になる。

レバーを握らせ、自分で水を流すと、更に得意げだ。

「やっちゃ～っ！」

「七くん、やった！」

「すげえ、七生！　ちゃんとできたじゃん」

「オムツ替えもしなくてすんだね。七生、えらいえらい」

「あいっ！」

手を洗いながら、きららちゃんや武蔵、樹季にも褒められて、相当気分もよさそうだ。

こうなると、たかがトイレ、されどトイレなのがわかる。

武蔵たちがべた褒めしてくれる効果もあり、今の七生にとっては、これもまた日々のイベントのひとつなんだろう。

そう考えると、ふいに俺の脳裏には、弟たちのオムツ外しの記憶が甦《よみがえ》る。

記憶といっても、アルバムの写真や家族との話が交じっているから、明確に覚えている気になっているだけだけど――。

双葉は二歳の夏に、家のゴムプールで毎日遊ぶうちに自然と取れた。

ある日「あれ？」って気がついて、二人で「やった！」「すごいすごい!!」って大喜びをした。

充功は負けん気の強さからか、双葉にからかわれたことがきっかけで、失敗に失敗を重ねながら、やっぱり二歳半くらいだ。

意地でもパンツでい続けて、脱オムツを図ったが、おかげで俺や双葉のパンツ予備まで含めて、毎日洗濯が絶えなかった。

そして士郎は、一歳半！　言葉もさることながら、何に対しても理解が早かったからか、尿意を知らせるところから的確だった。

むしろ、完全脱オムツに一歳半までかかってしまったのは、家で仕事をしていた父さんへの気遣いだったのかも？

俺たちや母さんがいるときは、ちゃんと知らせて済ませていたからね。

ただ、そんな優秀すぎる士郎が面倒を見ていた樹季の脱オムツは、三歳前くらいだ。

二歳を過ぎた頃から、士郎が樹季の尿意を察知しておまるへ誘導していたが、なかなかスッキリとは外せなかった。

けど、あとから考えると、あれは樹季の甘えから出た結果なのかな？

要は、士郎が確実に構ってくれることを学習しちゃって、自主的に外さなかった期間があるんじゃないか？　というのが、両親の見立てだったからだ。

しかも、そんな樹季自身は、武蔵のオムツに関しては、テキパキと外している。

母さんのお腹に七生が居た時期だから、少しでも負担を減らそうとしたんだろう。

ものすごい褒め殺しの炸裂《さくれつ》で、気をよくした武蔵のオムツは、二歳半前には外れていた。

いずれにしてもすぐ上の兄がサポート役をしているんだが、オムツの外し方から外され方まで、どれ一つを取っても個性的だ。

そして、こうして比べてみると、七生がマイペースなのは納得ができる。

何だかんだ言っても、武蔵は自分のペースでは進めない。ちゃんと七生の意思を優先して、手伝いをしているからね！

ちなみに、俺はどうだったのかというと、失敗も成功も両親と分かち合いだ。

それでも二歳後半には外れていたようだが、幼稚園の年少時代までは幾度かお漏らしをしていたようだ。

理由はブラコンで、寝ても覚めても「ふた、かーいー！」で構い倒して、離れようとしない。それで自分のことが疎《おろそ》かになっていたからだろうというのが、父さんの見立てだ。

なのでこれは、決して黒歴史ではない！　はず。

（オムツ一つを取っても、掛け替えのない思い出だな）

俺は、パンツタイプにしてから大分スッキリしている七生のお尻を見て、ちょっとだけ寂しくなってきた。

（この分だと、思ったより早く卒業しちゃうのかな？）

まだモコッとはしているが、以前はもっとアヒルみたいなお尻だったから。

けど、これればかりは言っても始まらない。

七生にとっては、成長の証《あかし》だからね！

「さ、みんなが揃ったら戻ろうね」

「「「はーい」」」

「あい！」

「お待たせ！」

俺が声をかけていると、大翔くんやなみちゃんたちもトイレを済ませて廊下へ出てくる。

全員が用を足したところで、今度はシートへ戻る。

すでにランチタイムも半分が過ぎていたからか、中には片付け始めている家族も目に付く。

――と、そんなときだ。

「そういえば――。さっきの方が、全員寧くんと同じ会社にお勤めだって言っていたけど、きららちゃんのお父さんたちは、同部署の先輩とかなの？」

ふいに富山さんが俺に話しかけてきた。

彼女の視線の先には、鷹崎部長たちや大翔くんのお父さんたちがいる。

見た感じ、話の中心は獅子倉部長のようだが、すっかり打ち解けている様子だ。

「えっと、部署はあれですが――。年長の二人が上司で、もう一人が同期です。俺は高卒で入社しているので、同期と言っても四歳下ですが」

「まあ、そう。ごめんなさいね。役職がどうとかってことではなくて、とても仲がいいから。普通にお友達や親戚に見えて。でも、だとしたら、本当に素敵な上司さんたちね」

俺は、特に誤魔化すことでもないと思ったので、会社での立ち場を説明した。

わざわざ上司だという必要があったのかどうかはわからないが、俺の中では鷹崎部長や獅子倉部長は「先輩」呼びの括《くく》りには入らないからだ。

けど、そこは富山さんも同じだろう。

鷲塚さんが年上の同期だということには反応しなかったが、鷹崎部長と獅子倉部長が上司（管理職）だということには、とても驚いている。

しかも、この言い方からすると、まさか役付きの上司だとは思わなかったようだ。

パッと見たときの若さもあるが、それ以上に部下である俺たちとその家族の接し方が、あまりに大翔くんのお父さんの部下家庭とは違ったからだろう。

もっとも、俺たちはもう事実上の家族だから、これぱかりは違っていても当然なんだけど――。

「ありがとうございます。そう言っていただけると嬉しいです」

「本当。オンオフがしっかりされているのね。素敵な上司さんたち」

ただ、なんでもないような会話を続けていくうちに、俺は富山さんが何に一番感心していたのかに気がついた。

（あ、そういうことか）

ここで言うオンオフは、会社の中と外のこと。

そもそも富山さんは、鷲塚さんから説明をされなければ、俺たちが同じ会社の人間とは思わなかった。以前、公園でも会っていたから余計なのかもしれないが、それにしたって鷹崎部長や獅子倉部長が上司だという考えには至らなかったってことだ。

それくらい鷹崎部長たちと俺たちの間に、会社の繋がりを感じなかったんだろう。一目でわかる大翔くんのお父さんと部下のお父さん達のような関係性を――。

（確かに、みんなでいるときには、もう全員が家族で和気藹々状態になるからな。いや、それだけじゃないか――）

俺は改めて考えた。

俺自身は、普段から「部長」呼びをしているし、これを耳にしていなかったとしても、接し方そのものを変えているつもりはない。

それこそ「貴《たかし》さん」「寧」と呼び合っているときでさえ、俺の心中は「鷹崎部長！」だ。

それくらい俺は上司としての鷹崎部長が好きだし、尊敬もしている。

気がついたら、あだ名感覚になっていたなんてことも絶対にない！

これは獅子倉部長に対しても同じだし、鷲塚さんも一緒だろう。

たまに歯に衣《きぬ》着せないことも言っているが、そこはもうお互いへの信頼やリスペクトの上に成り立っていることだ。

獅子倉部長の鷲塚さんへの甘えっぷりもすごいしね！

（でも、そういうことなら、大翔くんのお父さんたちも一緒じゃないのかな？　付き合いの長さや親密度が違うから、いい意味での遠慮はまだあるだろうけど）

しかし、こう考えると、端から見たときに関係性がわかる、わからないに関しては、部下からのリスペクトがただ漏れだから――とは、限らないのかな？

実は、部下からの気持ちを受け止める上司側の対応のほうが、わかりやすいとか？

何せ、鷹崎部長は社外にいるときは、当たり前だけど鷹崎貴さんだ。

きららちゃんのパパで、今では俺の婚約者でもあるけど、基本は素《す》の自分で自然体だ。

だから、俺や鷲塚さんはどこでも「部長」呼びをするけど、呼ばれていてもきっと鷹崎部長自身は、会社にいるときとは構えが違う。

それこそ、あだ名くらいに受け止めているかも知れない。

ただ、今思い返しても鷹崎部長は、最初にうちへ来たときから素の自分だった気がする。

そもそも意識しているのか、していないのかも解らないし。仮に意識していたとしても、オンオフの瞬間が明確にあるのか、もしくは自然に切り替わる？

いずれにしても、俺たちが「部長」と呼んでも、「俺は部長です」「上司です」っていう、いかにもな姿勢では接してきたことがない。

もちろん、俺が求めれば、そういう接し方もしてくれるけど――。

このあたりは獅子倉部長も同じで、今更だけど本郷常務や隼坂部長も同じだと思う。

けど、大翔くんのお父さんは――？

（あ……）

〝今の大翔くんのお父さんの気持ちは、鷹崎さんのほうが共感できるんじゃないかなと思って〟

俺の中に、ふと先ほど発した士郎の言葉が思い起こされた。

同時に、東京支社へ転勤してきたばかりで、きららちゃんとの生活リズムがまるで掴めていなかった頃の。

きららちゃんが「イヤイヤ」をしていたり、そんなきららちゃんを肩に担いで帰って行ったりしていた。オンオフもなく、ただ疲れ切っていた頃の鷹崎部長の姿を――。

「パパ！　なみ一番！」

　「あ！　俺、二番！」

「ちょっ、なみ！　大翔くん！」

――と、急になみちゃんと大翔くんが声を上げて走り出し、慌ててなみちゃんママが追いかけた。

二人は、それぞれのお父さんに向かって「わーい」と抱き付き、当然これに続けとばかりに七生や武蔵、きららちゃんや樹季も走って行く。

富山さんと俺だけが出遅れた形だ。

けど、ある意味ラッキーだったのかな？

俺は今の気持ちを富山さんに話してみようと思った。

「あの……。大翔くんのお父さんは、ここへ来てからずっとオン状態なんでしょうか？」

「ん？」

「すみません。実は、父から少し聞いていたんで」

「あ……。そうなのね。そんな、謝らないで。迷惑をかけてしまったのは私のほうなんだし。知っていて変わらずに、むしろ親切に接してくれていたなんて――、兎田さんといい、息子さんといい、優しいのね。ありがとう」

俺が話しかけたからか、富山さんは少し歩行速度を落とした。

内容に関しても、特に気を悪くしたふうでもなく自然に笑ってくれて、俺はひとまず安堵する。

ここで少しでも嫌な顔をされたら、これ以上は何も言わないつもりだったから――。

「いいえ。――で、ふと思ったんですが。都落ちがどうこうっていう都心へのこだわりや価値観は別にして。大翔くんのお父さんは、会社に敵も味方もいる中で、今はまだ自分の確固たる居場所を作ることに賢明な時期ですよね？　だから自分の味方でいてくれる、なみちゃんパパたちみたいな部下との交流にも気を配って、社外でも理想の上司とか、その家庭を見せようとしていて――。でも、今日の姿って、多分オフではないですよね？　下手をしたら、会社にいるときよりも気を張っているというか……」

常に周りには行き来をする親子がいるから、俺は自然と小声になった。

「そうね。そんな気がするわ。ただ、大翔は一人っ子だし、こういう行事に参加すること自体が初めてだから、今日の主人が心から楽しんでいるのかどうかは、前例がないからなんともなんだけど――」

富山さんも意識して、声を落とす。

「ただ、正直に言うなら、以前とは社外での付き合い方が、まるで違うの。社員同士が家族ぐるみの付き合いなんていうのも、ここへ来てからが初めてで。そこは、私自身も同じだから、やはり気は遣っているのかなと思うわ。特に今日ご一緒してくれている方々は、上司としての主人をとても慕ってくれているし。寧くんが言うように、彼らの理想を守りたいとか、家庭面であっても絶対に失望はさせたくないって、思っている気がするわ」

富山さんは、俺が初めて公園で話をしたときとは印象が違った。

切羽詰まった感じやイライラした様子もなく、とても落ち着いている。

「だからって、競技でもたついたのを大翔に当たるのはないと思うし。そもそもやったこともない朝の用意を、甘く見ているからボロが出るのよ。――っていうのは、ここだけの話にしてね」

俺相手でも、ちょっとした愚痴がこぼせるようになって、それも笑ってだ。

この分だと、大分気持ちにゆとりができたのかな？

これってすごくいいことだ。

「でも、郷《ごう》に入れば郷に従えって言うでしょう。私自身は、早々に恥ずかしい暴走をして、周りにご迷惑をかけてしまった。それなのに、園の先生や兎田さん、他のママさんたちという相談相手ができて、とても楽になったわ。だから、できる限り主人の力にはなりたいと思っている。だって、主人には私以外に感情のぶつけ先がないんだもの」

それでも多少の我慢があったり、ここが正念場みたいな気持ちがあるのも確かなようだ。

今の富山さんからは、以前には感じなかった覚悟が見える。

けど、それは俺からしたら、決していい解決法ではない。

富山さん自身は、大翔くんのお父さんがここでの生活や職場に慣れるまで、今しばらくと思っているんだろうが、これが長期化したら、どこで限界が来るかわからない。

そんなの、導火線の長さが解らない爆弾みたいなものだ。

それに、富山さんは大事なことを見落としている。

どんなに親が隠していても、子供は意外と察するものだ。

ましてや大翔くんの年頃だったら、見聞きしたまま「パパがママに意地悪を言っている」「いじめてる」って感じてもおかしくない。

そんなことになったら、本人も傷ついてしまうし、父子関係にもヒビが入りかねない。

修復そのものに、時間がかかってしまう。

「――そうですか。では、たとえばですけど。大翔くんのお父さんの理想自体が、実は部下たちが思い描く理想とは違っていたら、どうしますか？」

俺は、夫婦間のことはやっぱりわからないし、介入できるとも思わない。

でも、大翔くんに嫌な思いはしてほしくないし、できるだけ円満な家庭で過ごして、いつも笑顔でいてほしい。

その一方で、他家のことはわからないにしても、会社での上下関係や部下としての心理みたいなものなら少しはわかるから、そこに重点を置いて話すことにしたんだ。

「え？　理想とは違う？」

「はい。これはあくまでも俺個人の意見というか、考えなんですが——。俺も上司たちのことは自慢だし、大好きだし、尊敬しています。仕事ができるし、人柄も申し分ないし、大翔くんのお父さんを慕う部下のお父さんたちにも勝てる自信があるくらい。とにかく、これ以上ない上司だと思っています。けど、こうした気持ちを口にできるのって、さきほど富山さんが言ってくださったように、彼らのオンオフがはっきりしているからだと思うんです。こうして社外で会うときには、上司としてどう見られるかとか、どう見せたいとか、考えていない人たちだから」

そう。朝からの様子を見ていても、大翔くんのお父さんを慕う部下たちは、かなり俺や第一営業部の人たちとノリが似ている。

おそらく、俺と上司自慢をしたら、そうとう盛り上がること間違いないだろう。

けど、だからこそ感じることがあったんだ。

それは——。

「そんなだから、ときには失敗もするし、きららちゃんのパパに関しては、育児で解らないことがあれば俺でも弟たちにでも聞いてくれます。言い方が合っているかどうかはわからないですが、とても付け入る隙があるので、親しみも倍増して自然に距離が近くなりました」

「……付け入る隙？」

「はい」

多分、言い方は他にもあると思うが、今は例《たと》えが浮かばないからこれでいく！

――うん。鷹崎部長は、俺や弟たちでもフォローできるような部分を、隠すことなく常に晒してきた。

それは誰に対してもそうだし、会社の外でも中であっても同じだ。

けど、大好きな相手だからこそ、俺でもこんなことで役に立てた！　手伝いができた！　って思えたときは、すごく嬉しい。

その一方で、「え？　こういうのが苦手なの？」「そこ、普通に甘えてくれるんだ」ってことがあると、驚きと同じくらい嬉しいし、親しみが増す。

もちろん、すべてにおいて完璧で、何一つ突っ込みどころがないっていう人も、探せば世の中にいるのかもしれない。

それが大翔くんのお父さんが目指している自分の姿かもしれないし――。けど、それを家族にも求めたり、求めるあまりストレスが溜まって奥さんに八つ当たりしているというなら、理想は理想であって、現実にはなり得ない。

それこそ無理をしても、いずれはどこかでボロが出てしまうだろうし、大翔くんのお父さんを慕っている部下からしたら、そんな姿を見せられるほうが余程ショックだ。

人によっては、自分が望みすぎた結果、無理をさせたんだろうかって考えるタイプもいるしね。

「――なので。もしも会社の方たちが俺みたいな考えだったら、大翔くんとの親子競技で手間取っていた姿は、逆に親近感が湧いたんじゃないかなと思って。確かに、会社でも家でも完璧な上司って、理想かもしれないです。けど、いざ親しい間柄でいたいなと思ったら、自分の前では気を張らずにいてくれるほうが嬉しいですし、それこそ信頼されている気がすると思うんです」

「信頼……。そうよね。急に気を抜けって言っても、難しいかもしれない。でも、頑張りすぎた挙げ句に自制心が持たなくなって、余所で八つ当たりなんてことになったら、それこそ本末転倒だものね。機会を窺《うかが》って、それとなく話してみるわ」

富山さんは、俺の考えを理解してくれた。

いきなりどうこうは無理でも、自分なりに大翔くんのお父さんと話し合う機会を設けることを決めてくれたようだ。

（うん。急ぐ必要はないけど、大翔くんのお父さんに〝今の自分〟がどうなのかを知ってもらうことは必要だ。ここへ来てから変わったというなら、なおのこと。これが自分の目指した自分なのか、理想像なのか。まずは、そこをはっきり自覚してもらわないとね）

　そんな話をするうちに、俺たちもシートの側まで戻ってきた。

　みんな笑顔で話をしながら、そろそろ片付けようか——みたいな雰囲気になっている。

「ありがとう、寧くん。お父さんたちもだけど、本当に親身になってくれて。私は、自分と大翔にとっては、とてもいいところへ越してきたと思っているわ。だから、きっと主人にとっても、いいところになる。そう、信じている」

　富山さんは今一度俺にニコリと笑うと、

「お待たせしました」

「すみません。急に、なみが——」

「いいえ～」

　その笑顔のまま、なみちゃんママたちの輪の中へ入っていった。

4

ランチタイムを終えると、再び俺たちは持ち場へ移動することになった。

とはいえ、まずはお遊戯体操〝全員で一緒に、にゃん♪　にゃん♪　にゃん♪〟だ。

要は、日曜の朝のごとく、両手に拳を作ったネコポーズで、にゃんにゃんエンジェルズのオープニングダンスを踊るんだけど——。

全員と言うからには、強制ではないにしても、保護者も見学者も含めてだ。

鷹崎部長や獅子倉部長、鷲塚さんに家守夫妻、お祖父ちゃんお祖母ちゃんたちから本郷常務、隼坂部長たちまで誰一人漏れることなく——だ。

ただ、カメラマンさんだけは全体を撮影ってことで、滑り台の上へ上がったけどね。

それでも、どの家庭もちびっ子たちが大張り切りで、大人たちにダンス指導をしていた。

七生なんか得意げにオムツ尻をフリフリするものだから、本郷常務はメロメロだ。

その姿を見ながら、隼坂部長は肩どころか全身を震わせて、今にもしゃがみこみそうになっている。

獅子倉部長は、父さんと一緒だからか、めちゃくちゃ笑顔で張り切っていて。俺からすれば、確かにアニメを全話見たとは聞いていたが、まさかオープニングの踊りまでマスターしていたとは思わなかったから、ビックリだ。

それを言ったら、きららちゃんから教わるという体《てい》を取りつつ、恥ずかしそうにしていた。

ここは、きららちゃんから教わるという体《てい》を取りつつ、恥ずかしそうにしていた。

お祖父ちゃんやお祖母ちゃんたちの担当は、樹季と武蔵に俺が加わる。

そして、鷲塚さんは士郎から――、いや違う!?

(あれは士郎のほうが教わってるのか。ってか、鷲塚さんまでいつの間に覚えたの!?)

士郎は一度見聞きをしたら、大概のことは覚えてしまうほうで、記憶力がすごくいい。

けど、それを自身で体現しようとすると、微妙な動きになっちゃうところが超可愛い！

一気に親近感が増すし、安心できる部分だ
(まあ、得意不得意なんて、みんなが持っているものだからね)

大翔くんのお父さんたちも、ここは子供に習って、戸惑いながらも手足を動かす。

見てわかる初心者ぶりを発揮しているが、大翔くんは一生懸命だし、すごく嬉しそうだ。

俺は、子供のための行事なんだから、これでいいと思う。

そもそも優劣を競うことが一番の目的ではないはずだから――。

楽しくお遊戯体操を終えたあとの競技は、年中さんの〝にゃんにゃん玉入れ音頭〟だった。

（そう言えば、この玉入れ音頭って？）

今年初めて見る競技に、俺や樹季は「なんだろうね」って、ドキドキしていた。

きららちゃんは「きっと躍りながら玉入れをするのね！」って言っていたけど、変な想像にしかならない。

スタートゲートから玉入れ用の籠《かご》を背負った先生たちと年中さんが入場する。

俺が知っている去年までの玉入れだと、ゆるく逃げる先生たちを園児たちが追いかけて、自身のクラス担任以外の籠に、クラス別色の玉入れをして、最終的にいくつ入れられるかを競う。間違えて入れられた玉は数に入らないとか、そういう感じのだ。

けど、今年はそれに〝にゃんにゃん音頭〟がついている？

「あ！　そういうことか」

競技が始まると、すぐにわかった。

先生たちが中央で輪になり、曲に合わせて盆踊りを踊っている。

だが、これが二倍速だ！

盆踊りとは名ばかりで、動きが速く激しい上に、園長先生の笛を合図に逆回りに変わる。

これに園児が振り回されるものだから、みんな「きゃーきゃー」「わーわー」で大はしゃぎだ。

しかも、笛が二度鳴ると先生たちが止まって、今度は園児たちが踊らなくてはならない。

その間に先生たちはピョンピョン跳んで、籠の中に入れられた玉を出していくものだから、更に園児たちは「あー！　出ちゃう」「先生だめ～っ」などと叫んで、大興奮だ。

「すごい！　楽しそう」

「先生、頑張れ～!!」

きららちゃんや樹季たちだけでなく、観客も大盛り上がり。

ただし、みんな終始楽しそうにしていたが、先生は動きっぱなしで、大分疲れるだろうけどね！

「ウリエル様！　次は武蔵たちよ」

「うん。このまま鈴割りだね」

そうして年中さんの競技が終わると、今使用した玉をそのまま集めて、年長さんたちの鈴割りがスタートだ。

年長さんともなるとクラスで相談もしているのか、一点集中で攻めよう！　というクラスもあれば、自由奔放《ほんぽう》に「わー！」って投げるクラスもあって、この違いが面白い。

武蔵のクラスは、玉を拾ってくる子と全力で投げる子に別れており、投げる子が疲れてきたら交代するという作戦だ。

同じ投げるにしても、背丈や力の差があるから、そういうのを事前に話し合って決めているんだろう。武蔵は平均より少し大きいくらいだが、普段から七生を抱っこしているせいか腕力がある。ひらすら玉を投げる係だ。

けど、全力で投げ続けるのも疲れるはずだし、武蔵の顔はすぐに真っ赤だ。

そしてこの作戦は、士郎が入園当時に、自分の腕力やコントロール力がないことにいじけていたら、今でも仲のいいお友達・晴真くんが「士郎の分も俺が投げるから安心しろ！」と言ってくれて。「それなら僕は玉集めに集中するよ！」となったことがきっかけで、始まったものだった。

以後、作戦の一つとして定着し、樹季のときも同じようにやっていたから、俺としたら懐かしさまで込み上げてくる。

「武蔵！　頑張って～」

「やった、入ったよ士郎くん」

「うん！　もう一個、頑張れ！」

応援しているきららちゃんや樹季、士郎も身を乗り出して頬を赤らめていた。

「頑張れ、武蔵！　カッコいいぞ～!!」

俺もここぞとばかりに大声で褒めちぎって、爽快だ。

——が、ここで他のクラスのくす玉が割れてしまった。

「あ！　でも、武蔵のクラスも割れたよ！」

「一緒にお隣のもだ！　仲良し！」

数秒と差がなく、次々割れたくす玉から小さい風船がたくさん出てきて、みんな大喜びで拾っている。

(仲良し——か)

たしかにぐずり出す子もいなくて、みんな笑顔がキラキラしていた。

競技が終わり、玉などの用具を片付けたあとは、保護者による大縄跳び。

形としてはクラス対抗だから、保護者も子供のクラスに合わせてチーム分けをして飛ぶことになっている。

ルールは、ひとチームが縄持ちを含めた三十二人を基本に、制限時間は五分。

そのうちに、最高何回続けて飛べたかを競い、人数が多いところは途中で交代をしてもいいし、足りないところは観客の中から応援を頼んでもいいことになっている。

けど、保護者の参加率が九割っていう幼稚園だから、数が足りなくなることは滅多にない。

獅子倉部長も最初は参加表明をしていたけど、状況を把握し、撮影に残ったくらいだ。

そして、最初は鷹崎部長たちに任せたいなんて言っていた双葉も、ギリギリになって「やっぱりここは俺が行く！」ってことになったのかな？

うちからは父さんときららちゃんと双葉が参戦となった。

ここでも俺は、きららちゃんたちと見学を言い渡されている。

——なんでだよ!?　って言いたいところだが、他の大人はもれなく撮影班だ。

そうしたら、きららちゃんもいることだし、やっぱり俺だけでも付いていないとね！

見れば、大翔くんのお父さんたちも、それぞれのクラスに参加しており、やる気十分だ。

ちなみに「これぱかりはチーム戦だし、作戦も何もない」と思いそうだが、そうでもない。

子供の数や年によっては、何度も経験している人が居るので、その場で話し合いが成されて方針が決まる。

足を引っかけないことや身長の並びも大事だけど、それ以上に縄持ち二人の体力、腕力、息の合い方なんていうのもあるから、うちのクラスでは父さんと双葉が担当する。

俺も含めてけっこうな経験者だけど、今では身長も近くなってきたから、そういう意味でも適任だ。

「みんな頑張れ～っ！」

「お父さ～ん！　双葉く～ん！」

きららちゃんと樹季も張り切って声を上げている。

士郎もその背後で手を振り、これらに気付いた双葉がこちらに向かって手を振った。

「それでは、よーい始め！」

三組の準備が整うと、先生のかけ声と共にホイッスルが鳴る。

組ごとに号令をかけて大縄跳びがスタート！

歓声が上がる中で、「1、2、3」という声が聞こえ、みんな真剣だ。

(あ、大翔くんのお父さんも縄持ちだ。というか、よく考えたら、元陸上部が発揮できてないけど、がっかりしてないといいな。でも、大翔くんは嬉しそうだ)

父さんの近くで縄を回していたからか、俺の視界には自然と大翔くんのお父さんも入ってきた。

本当なら一番カッコよくゴールできそうな親子競技の結果が結果だったから、大翔くんのお父さんとしては見せ場をなくした感じだろう。

でも、大翔くん自身はお父さんと一緒に競技ができて嬉しいだろうし、今も全身を使って大縄を回している姿を見て、一生懸命応援している。

俺からしたら、これ以上に大事なこと、嬉しいことはないいんじゃないかな？　って思う。

「頑張れ～、父さん！　双葉!!」

そうして、あっと言う間に五分が過ぎて、大縄跳びも終了だ。

誰もが真剣だし、負けん気も強かったのだろう。参加した保護者は、みんな肩を上下させて、呼吸を荒くしていた。

「わーい！　ミカエル様たちが勝った！」

「お父さんも双葉くんも、すごい！」

「やったね！」

父さんと双葉は最後まで縄を回し続けて、かなりぐったりしていたが、俺たちは大盛り上がりだ。

士郎まで声を出して、手を振っている。

撮影を担当していた充功はジャングルジムの上で片手を高々と上げているし、鷹崎部長と鷲塚さんはスタートゲートで「よし！」「やったな」って感じ。

ただ、ゴールゲートで構えていた獅子倉部長と隼坂くんは、知ってか知らずか、互いに思い人が勝利したこともあり、訳がわからなくなっている喜びっぷりだ。

二人してテンションマックスだから、相手の盛り上がりが大げさすぎることにも気がつかないんだろう。周りの子供や先生たちが引かないといいけど！

「樹季くん。次は？」

「最後の競技だよ。園児全員で組別対抗リレー、武蔵はアンカーをやるんだって！」

「え！　武蔵、アンカーなの、すごいじゃん!!　それで充功くんに特訓してもらってたんだね」

「うん！」

そうして、きららちゃんと樹季が言うように、もう最後の競技だ。

この全園児組別対抗リレーには、保育の子たちも三組に分けて参加するので、七生もしっかり交じっている。

「七生は張り切ってるけど、大丈夫かな」

「距離だけでみるなら、大好き抱っこよりは相当短いから大丈夫だよ。バトンの練習もしていたし」

「そうなんだ！」

心配が先立つ俺に、士郎が教えてくれた。

家では見たことがなかったけど、二階や公園では練習していたのかな？

三組に分けられた保育園の子たちは、年齢によって各学年に混ぜられる。

七生と同じ二歳の子は六人いるから、ちょうど二人ずつだ。

「ここでも七生はスターターか」

「見るからに、やる気満々だよね」

生憎七生は武蔵と別の組に配置されており、士郎が言うようにスタート地点で仁王立ちだ。

二歳の子たちが走るのは、せいぜい二十メートルくらいで、すぐにバトンタッチになるが、それでも見ている俺からしたら胸がドキドキする。

「七くん、今度は転びませんように」

「ちゃんとバトンを渡せますように」

きららちゃんや樹季も両手を胸にお祈りのポーズだし、士郎もここからはジッと七生の様子を見ている。

　ここまで役員仕事をしてきた父さんたちも、今はそれぞれが持ち場に近いところから見学だ。

（七生、頑張れ！）

　そうして全園児が振り分けられた所定の位置に着くと、先生が手にしたピストルを高々と上げる。

　七生は右手にバトンを握り締めて、スタートのポーズだ。

「位置について！　よーい、ドン！」

　先生の声かけと同時にピストルの音が鳴り響くと、まずは七生たち三人が一斉に走り出した。

　まだオムツが取れていないからか、みんな走り方がぎこちないが、それがまた可愛い！

　まさに、今だけしか見られない姿だ。

「七生――!!」

「七く～ん！」

　七生は一番小さいが、ここでも精いっぱい走っていた。

　本人も普段走り回っているのとは気持ちが違うんだろう、必死すぎて変な顔になっているが、それがまたいい！

（転ぶな、転ぶな、転ぶな――）

俺は無事に走りきれることだけを願った。

二番で次の子にバトンを渡して、走り終えたあとは、先生たちに連れられて行く。ジャングルジムの上からは充功に「七生！　よくやった」と声をかけてもらって、喜び勇んで手を振っている。

（あああああっ、転ばなくてよかった！　七生～っ。いつの間にか立派になって……）

大好き抱っことは、また違った感動が俺の中に湧き起こる。

ちょっと前まで赤ちゃんだったはずなのに――なんて頭を過ろうものなら、また目頭が熱くなる。

けど、そんな間にもリレーは進んでいて――。

「次。大翔くんの番だ」

「あ――!!　バトン！」

（落とした！）

大翔くんは、前の子とのタイミングが合わず、バトンを落としてしまった。

しかも、それがあとから走ってきた子の足に当たってしまい、コースからも弾かれる。

これには、蹴ってしまった子も困惑して止まってしまったが、周りからの「大丈夫」「走っていいよ！」の声に、動き出す。

場内からどよめきが起こる中、大翔くんは今にも泣きそうになりながら、バトンを追いかけた。拾い上げてコースに戻ったときには、完全にベソをかいている。

（大翔くん！）

――ああ、駄目だ。

こうしたハプニングは仕方ないにしても、胸が痛い。もう、泣きそうだ。

「頑張れ、大翔！　走れ走れ！　俺たちが付いてるから大丈夫だぞ!!」

そんな中、一際大きな声援が響く。武蔵だった。

「えーっ！　武蔵は組が違うだろ！」

「こっちだよ！」

「あ！　そうだった」

一瞬にしてドッと笑いが起こり、大翔くんもちょっと泣き顔が晴れたかな？

次の走者にバトンを渡して、走り終えたお友達に迎えられている。

みんなが「大丈夫だよ」「頑張ったね」などと言って褒めてくれているだろう様子に、俺は更に泣けてくる。

「大翔！　よく走りきった！　偉かったぞ！」

——と、今度は大翔くんのお父さんの声だ。

大翔くんは体操服の袖で涙を拭いていたけど、その声にはすぐに反応をした。

顔をしっかり上げて、「うん！」って、笑っていたのが見える。

「一番を目指すのはいいことだし、大事かもしれない。けど、世の中にはそれよりもっと必要だったり、大事だったりすることがたくさんあるよね」

ふと、俺の背後で士郎が呟く。

「うん。ちゃんと走りきったことが偉かったよね」

俺がそう返すと、今一度力強く頷く。

（きっと、大翔くんのお父さんだって、俺たちと同じことを思ったはずだ）

俺は、そう信じて、視線をリレーに戻した。

「早い！　年中さんから年長さんにバトンタッチした！」

「みんなどんどん早くなる！　武蔵まであと五人！」

バトンは年少さんから年中さんへ、そして年長さんへ引き継がれると、あっと言う間に残り数名となった。

「むっちゃ〜っ！」

七生も一生懸命応援している。

それにしたって、やっぱりこの年頃の一歳二歳の違いは大きい。

走る距離は学年ごとに長くしてあるが、年長さんたちは走り方そのものがしっかりしていて、バトンも見る間に最終走者へ渡った。

「「武蔵！」」

「頑張れ、武蔵！」

アンカーだけはグラウンドを一周するから、その分声援も大きくなる。

武蔵も足は早いほうだと思うが、やっぱりアンカーに選ばれる子たちはみんな早い。

「え!?　早っ！」

――と、残り半周を切ったところで、三番手でバトンをもらった男児が猛烈な勢いで追い上げた。

「いけーっ!!」

「走れーっ！」

「そこだーっ！」

（ん!?　あの応援は馬息子くん？　お父さんも一緒に居るってことは、女性はお母さん？）

そして、ゴール直前で武蔵たちを抜いて――見事一着！

しかも、俺たちの正面で声を張り上げていたのは、昨日の運動会で充功と二度の勝負をしていた同級生で、陸上部のキャプテン！

ソーラン節のときには、充功の背後で団旗を持っていた一人だが、俺の中ではもう「馬息子くん」で固定されている子だ。

あれから充功に名前を確認していなかったのもあるが、苗字《みょうじ》が馬で名前が息子くんみたいな覚え方になってしまったんだろう。

それにしても、兄弟揃って俊足《しゅんそく》だ！

武蔵が充功に走り方を習っていたように、弟くんもお兄さんに習っていたのかな？

あの走りっぷりは駆けっこというよりは、すでに陸上競技って感じだけど。

（――あ、もしかして！　手つなぎゴールなんて、うちの弟の見せ場を奪う気かってぶち切れて、充功にブラコン炸裂の愚痴を言ってきたのって、馬息子くんなんじゃ⁉　けど、そうしたら大翔くんの家の隣に住んでるっていうのも、馬息子くん一家⁉）

俺は、有り得なくもないことが頭をよぎって、ここはあとで充功に聞かなければ！　と思った。

「あーん！　残念‼　武蔵、二番か～。でも、一番の子、本当に速かったね！」

「うん。誰だろう。あの子？　めちゃくちゃ速かった！」

「本当。すごかったね。午前中は、武蔵とは別に走っていたのかな？　全然、気がつかなかったね」

あの子のことは、樹季や士郎も知らないようだ。

俺も、話をしたことがないから、おそらく武蔵とは一度も同じクラスにはなっていないんだろう。武蔵からも、話題に出た記憶がないし――。

（あ――、馬弟くん。大翔くんのクラスのアンカーだったんだ。勝ったぞ！　みたいな報告しているのかな？　ニコニコで頭を撫でにいって、優しい子だな）

ゴールの後まで感動が続いて、俺はもう――!!

「はい。ウリエル様」

きららちゃんにハンカチを出されて、「ありがとう」だ。

しかも、衝撃はこれだけではなかった。

「さすがよね、幸太《こうた》くん。ご両親が元日本代表の陸上選手だけあるわ～。今はお父さんが実業団でコーチをしているって聞いたことがある」

「え？　そうしたら、走りのプロなのね」

「どうりで！　遺伝子うんぬんもあるだろうけど、走り方が綺麗だと思った。でも、そうか――。そうしたら、幸太くんママも走るの早いのかな？」

「ハードルがすごいわよ。前に脱走した犬を追いかけて、全力疾走で公園入り口の柵を超えていたのを見たことがある」

「ひっ！　それはすごい」

「あと、どこかで話が変わったみたいだけど、幸太くんのお父さんが陸上をしていたのは、確か高校生までよ。今は競走馬の調教師だから、走りのプロでもちょっと違うかも」

「え！　そうだったんだ‼　やだ、本当。どこで話が変わったんだろう」

周りのお母さんたちの話から、馬弟くんの名前や家族構成、何よりお父さんの職業が発覚した。

（え、競走馬の調教師さん⁉　どこまで馬好きなんだよ、お父さん！）

肝心《かんじん》な苗字や馬息子くんの名前は出てこなかったけど、俺からすればお父さんの職業だけでも、もうツボだ。最後は泣き笑いを堪えて苦しくなった。

弟たちの運動会は何度も見てきたけど、こんなに他家に感情を揺さぶられたのは、初めてかもしれない。

本当――充功も武蔵も素敵な同級生に恵まれている。

「さ、閉会式だね」

「「うん！」」

士郎の声かけで、俺たちもシートから立ち上がる。

閉会式では組対抗の点数や順位が発表されるも、記念品はみんな一緒で〝頑張りました
で賞〟だ。

それに、武蔵のクラスは三組中二番だったが、武蔵本人は大縄跳びで父さんと双葉が活躍したこと、七生ときららちゃんの大好き抱っこが成功したことのほうが嬉しかったみたいで、満面の笑み。

七生も大好き抱っこの成功に、カッコイイ武蔵の走りも見られて、最後は転ばないで走れたことでみんなから褒めてもらって大満足だ。

園長先生からも、

「途中で転んでしまった子は何人かいましたが、擦り傷程度で、大きな怪我はありませんでした。具合が悪くなる子も出なくて、園児も保護者も終始笑顔で、とてもいい運動会になりました。ありがとうございました」

報告と感謝がされて、みんなで拍手。

あとは閉会式最後のダンス？　体操？

午後一のにゃんにゃん同様、全員で〝ムニムニぴよよん〟で締めくくりだ。

――が、ここでも俺は、本日何度目かの困惑をする。

ムニムニぴよよんって――何!?

〝ムニムニ体操、始めるよ～っ！〟

音楽がかかり始めても、よくわからない。

（これってドラゴンソードだよな？　あ、もしかして、四月から歌が変わったのか！）

樹季やきららちゃんが前奏からスタンバイしているのを見ると、ちゃんとわかっている。

俺が見逃していただけのようだ。

そう言えば、ここのところ日曜日に出かけることが多かったし、家にいたとしても家事に追われてテレビの内容までは気にしていなかったからね。

〝最初は縦に、の～びのび～♪　今度は横に、ま～げまげ～♪　最後はムニムニぴよよんだ～♪　はい！　ぴよん♪　ぴよん♪　ぴよよ～ん♪〟

俺は、見よう見まねで身体を動かした。

ちびっ子たちは目をキラキラさせて、頭上で両手を合わせた姿勢で縦に伸び伸び、横に曲げ曲げ、最後にその場でぴょんと跳ぶ。

歌詞のそのままだが、俺からすると「なんだろう？　これは」という感想になる。

体操と言うよりは、ストレッチかな？

いや、最後にぴょんぴょん跳んでるから、やっぱり運動？

大部分の大人たちが俺と一緒で適当だったが、中にはきちんと見てるんだろう。しっかりできている親御さんもいた。

充功は――ここでも、やっぱり上手い！

（わ！　すごい。元が上手いと、こういうのでも完璧――、って父さん！　どうしてそんなに踊れるの!?）

父さんまで完璧にマスターしている。

（そう言えば、去年キャンプへ行ったときに、その場にいた子供たちに〝にゃんにゃん盆踊り〟の振り付けを教えていたっけ。――ん!?）

しかも、いつの間に隣をキープしていたのか、獅子倉部長も一緒になって、伸び伸び、曲げ曲げやっていた！

（にゃんにゃんだけじゃなかったのか！　というか鷹崎部長は、もしかしてドラゴンソードの録画まで獅子倉部長に送っていたの!?）

俺は「いつの間に！」としか言いようがなくて、最後はぴよよんしている獅子倉部長の姿ばかり見てしまった。

そして、聞けば同じようにきっちり踊っていたらしい鷹崎部長の姿を見逃してしまったのだった。

（ええええっ！　そんな!!）

＊＊＊

過ぎてしまえば、あっと言う間の一日であり二日間だった。

あれから充功に、馬息子くんと幸太くんのことを訊ねたら、やっぱり！

富山家の愚痴をこぼしていた隣家は、幸太くんの家だった。

バタバタしていたから、肝心な息子くんのほうの姓名を聞き忘れてしまった。

そこはまあいい。いつかスミス支社長みたいに知るときがくるだろうし、俺としてはもう少し馬息子くんで愛着を持っていたかったから――。

「よかった～！　双葉が撮っててくれたんだ。鷲塚さんと鷹崎部長のムニムニぴょよん！

俺、全然気がつかなかったから、超嬉しい！」

「充功が踊り出したから、ここは俺が撮っておこうと思って。けど、見つけた瞬間、うわっ！　激レアだって、テンションが爆上がりしたよ。ちなみに父さんと獅子倉さんのは、隼坂が撮ってくれていて、お祖父ちゃんたちの様子は、本郷さんが撮ってくれてたみたい。

もちろん、全体からチビっ子たちのクローズアップはカメラマンさんが撮ってくれているから、過去最高に楽しい記録が残ったと思う」

「すごい！　なんて、ありがたいんだろう」

俺は、いろんな意味で幸せを噛み締めながら園をあとにした。

そして帰宅後のことは、みんなで相談。まずは重箱などの片付け班と、ちびっ子たちのお風呂入れ班に別れることにした。

けど、その前に！

隣家で留守番をさせていたエリザベスたちに、全員揃って「ただいま」だ。

「えったん、たらま～」

「バウ！」

「ただ今、エイト。ナイト」

「「パウパウ！」」

「エンジェルちゃん！　みんなと仲良くしてた？」

「みゃ～ん」

「どこもちらかって――、ない。みんな優秀だね！　お留守番、ありがとう」

「オン！」

「お祖母ちゃ～ん！　ドーベルくんたちも、いい子にしてたよ～っ」

どうやらみんな、いい子で待っていてくれたようだ。

すかさず七生、武蔵、きららちゃんが声をかけて、士郎からはチェックが入り、樹季はその報告にいく。こうしたところからも、同居後の光景が見えるようだ。

ただ、正直に言うならこの二日間の留守番は、エリザベスたち四匹に鎌倉から連れて来たドーベルくんとネコ五匹が一緒だった。

一階のリビングダイニングに、全九匹を放し飼い状態にしていたわけだから、

「これは……。何をされても怒れる気がしねぇぞ」

「大事なものは、すべて片付けておかないと」

「うん。エリザベスとドーベルくんは、リーダーシップがある。けど、調子に乗ったときに、一番大ごとになるのは間違いなくこの超大型の二匹だからね」

出かける前には、充功や双葉とこんな話もしていた。

けど、いざ入ってみても、ソファのクッションが落ちていた程度で、他に変わったところはなかった。

三家とも普段からしっかり躾《しつけ》がされているのはわかるけど、それにしてもすごい！

「まさか、一日中寝ていたのか？」

「――ですね」

鷹崎部長や鷲塚さんも、中を見回して感心しきりだ。
「えっ、エリザベス〜っっっ!!」
だが、おばあちゃんの怒号が聞こえてきたのは、このときで――。
「うわっ！　カリカリとおやつが！」
俺が急いで声のしたほう、キッチンを確認すると、これはこれですごいことになってい
た。
ストッカーから出したんだろう、カリカリやおやつを入れていた大きな容器がひっくり
返されて、中身が飛び出している。床一面に、食べ残しが広がっている状態だ。
それでも、紙袋やビニール包装のようなものは、いっさい落ちていない。
普段から、すぐに専用ケースへ入れ替えるから、そういったものの誤飲《ごいん》はないとわかる
のが救いだ。が、その分、ひっくり返したら中がザバーってことになるから、わんにゃん
たちにとっては、ビュッフェ状態だっただろう。
ただ、被害現場はここだけか!?　と思っていると、
「大変、ひとちゃん！　おトイレが紙だらけになってる！　ぐっちゃぐちゃ!!」
「パパ〜っ！　お風呂のお水が出っぱなしよ！　これ、前にエンジェルちゃんがやってた
のと同じだよ！」

どうやら一階で無事だったのは、リビングダイニングだけだった。確信犯だろうか？

でも、ここのキッチンはスライド扉で仕切れるタイプだし、トイレやお風呂場には当然ドアが付いている。

特にお風呂なんて、脱衣所の扉まであるわけだから、まずはこれを開けるってことが〝遊び〟になっちゃったのかな？

武蔵やきららちゃんの声を聞いた瞬間、エイトやナイト、仔猫たち、そしてエンジェルちゃんが一斉にエリザベスやドーベルくんの足下や背後に隠れた。

間違いなく、やらかした中心はこの面々だ。

これを見た母猫は、オロオロしているし。

エリザベスとドーベルくんにいたっては、「逃げも隠れも致しません。叱責《しっせき》を受ける覚悟はできてます」って顔で、いたずらっ子たちの盾になっている。

けど、叱らなきゃって思う前に、このしょぼくれた姿が最高に可愛いと感じてしまうのは、もはや飼い主の性《さが》だ。

これに笑い出すのを堪えているのは、俺だけじゃない――はず！

「一応、やっちまった感は全員もってるみたいだな」

「そもそも、昨日何もなかったことが奇跡だったんだよ」

「みんな揃っているのに、自分たちだけ二日も留守番だったからね」

充功や双葉、父さんもそれらしいことを言いつつ、目が笑っている。

「ごめんなさい！　エリザベスたちを怒らないで！　きっと用意したご飯やお水が足りなかったんだよ！」

「トイレットペーパーも、おもちゃと間違えたんだよ！　怒らないであげて!!」

それでも躾的には叱らなきゃって、心を鬼にしようとしたところへ、武蔵と樹季が両手を広げてエリザベスたちを庇った。

「えったん、めんなたいよ！　なっちゃもいっとよ！」

「エンジェルちゃん！　ほら、きららも一緒に謝るから！」

七生やきららちゃんまで加わり、一緒に謝ってあげるから――って、スタンスだ。

「ぶっ!!」

これには獅子倉部長が吹いた。よく考えたら、この場にいる俺たちは全員飼い主側であって、そうでないのは獅子倉部長だけだ。

鷹崎部長や鷲塚さん、お祖父ちゃんたちも笑うのを堪えていたけど、獅子倉部長だけは責任との葛藤がない分、持たなかったんだろう。

すると、ここで士郎が前へ出た。

「大丈夫だよ。みんな怒ったりしないから」

「士郎くん」

「ただし。駄目なことは駄目って注意をしないと、エリザベスたちのためにならないからね。さ、みんな。こっちへおいで」

樹季たちには笑顔で、しかしエリザベスたちに「おいで」と言ったときには、利き手の指が眼鏡のブリッジをクイッと上げた。

（え!?　それって、エリザベスたちにも通用するの？）

そんなまさか!?　と思ったのは、俺だけではないだろう。

父さんや鷹崎部長たちも「え!?」って顔を見合わせている。

呼ばれたエリザベスたちは、士郎の誘導でやらかし現場へゾロゾロと向かった。

まずは、キッチンだ。

士郎は片付ける前に現場を見せてから、冷ややかな眼差しと口調で「駄目」「ノー」と放つ。余計なことは言わず、「駄目なものは駄目」だけを伝えるやり方だ。

それがトイレ、バスルームへ続くことになるんだが、言われるたびにエリザベスたち犬の尻尾は垂れ下がっていく。

エンジェルちゃんを筆頭にした猫たちなんて、リビングに戻ってきたときには、項垂《うなだ》れ

て尻尾を身体の中にしまい込んでしまった。

「はい！　これでお説教タイムは終わり！　エリザベス、これから片付けるから、みんなとここにいてね。あと、片付けたら僕らはご飯を食べに行ってくるけど、今度は大人しく待ってるんだよ！　あとでちゃんとご褒美のおやつを上げるからね」

それでも士郎の躾が終わると、全匹が顔を上げて「おやつ」の言葉に反応する。

――一瞬で反省したのを忘れただろう！

「バウ！」

「「パウパウ！」」

士郎は、安堵したようにも見えるエリザベスたちを、順番に撫でていく。

今の躾がどこまで通じたのかは、エリザベスやドーベルくんたちのみぞ知る。

けど、士郎から撫でてもらうと、みんな緊張が解けたようにリラックスして、身体をすり寄せていった。

なので、ここは「通じたんだろう」と思うことにする。

大好きな相手に嫌われたくないのは、動物も人間も同じはずだ。

そして少なくともエリザベスだけは、士郎の眼鏡クイッが出たときの本気度を、理解しているだろうからね。

＊＊＊

思いがけないところで片付けが増えてしまったが、夕方は予定通りハッピーレストランへ行った。

幼稚園を出た時点で、残念だけどカメラマンさんや本郷常務たちとは別れていたので、ここでは隼坂部長や隼坂くんと合流をして、総勢二十名での食事となる。

だが、さすがにこの人数だと、席の並びは一緒にできても、会話はランチタイム同様、別れた。

お祖母ちゃんたち三人は、女性同士できゃっきゃうふふ。

お祖父ちゃんたちは、家守社長とリフォームの話かな？

そして獅子倉部長と鷲塚さんは、双葉や隼坂くん、充功や士郎と一緒になって、ちびっ子たちから運動会の感想を聞いている。

途中からスマホに撮っていた動画なども見せて、静かに、でもニマニマしながら盛り上がっていた。

でもって、父さんは隼坂部長と父親対談？

お互いに、今は亡き愛妻話もしているようだったから、七生が獅子倉部長の膝を占領していたのは、かえってよかったのかもしれない。

それにしても七生は獅子倉部長にべったりだ。大好き抱っこで、期待通りの反応を見せてくれたことが、相当嬉しかったんだろう。

そして、俺はというと――。

「え？　俺がトイレで抜けていた時間って、そこそこあったと思うんですが――。その間、ずっと獅子倉部長が話していたんですか？　鷹崎部長でもなければ、大翔くんのお父さんでもなく？」

一緒にドリンクバーへ立ってくれた鷹崎部長から、ランチタイムでの話を聞かせてもらっていた。

気になってはいたから、それとなく「どんな感じだったんですか？」って、俺から話を切り出したんだ。

返ってきた答えに、俺は驚いた。

思わず、もっと詳しく！　と、食いついてしまう。

「――ああ。カンザス話で独壇場《どくだんじょう》だった。ハリケーンで飛ばされてきた牛が車のボンネットにっていうのは、すごい持ちネタなんだなと、改めて思った。俺なんか、初めて聞くわけでもないのに、モー子やモー美の写真を見ていたせいか、逆に臨場感が湧いて……。あやうく飲みかけのお茶を吹き出しそうになったよ」

俺は鷹崎部長と手分けをしながら、みんなのお代わり分のドリンクを注いでいた。

たまたま誰も来なかったので、こんな立ち話もできた。

それにしたって、鷹崎部長は感心しきりだ。

確かに、獅子倉部長のあの話は、どこへ出しても一撃を食らわせる内容だ。

獅子倉部長的には、もう鉄板ネタなのかもしれない。

誰かの悪口で盛り上がるでもないし、愚痴として「聞いてくださいよ！」って漏らすにしても、誰一人共感ができないから想像して感心か同情するしかない。

俺にとっての家族話みたいなものなんだろう。七人兄弟は滅多にいないからね！

そして、鷹崎部長が言う臨場感も理解ができる。

写真を見てからは、確かに話のリアルさが増したから。

「なんていうか。大翔くんのお父さんに関しては、俺や鷲塚も先に公園で会っていただろう。その後にあった家庭内での話も、前もって兎田から聞いていたし。実は士郎くんからも、今日は幾度か接触すると思うからって、言われていて――」

しかし、俺にとっての本題はここからだ。

それは鷹崎部長もわかっていたんだろう、一段と声が小さくなる。

「士郎から!? 何を頼まれていたんですか?」

「それが、何も。ただ、ランチタイムは場所取りで隣同士になると思うので――って、それだけだ」

「――っ!?」

俺は一瞬口ごもった。

この流れなら、士郎は俺に言わなかっただけで、やっぱり根回しをしていたんだと思ったのに――あっさり覆《くつがえ》されてしまったから。

「いや。それでも言ってきたのが、士郎くんだろう。こういったらあれだが、何かしら考えがあるのかもしれないって、鷲塚とも話していたんだ。それこそ第三者を通して、自身を見つめ直すか、家庭内での態度に対して反省ができるような話題に誘導するか。そうした指示が、いきなりくるかもしれないから、覚悟はしておこうって」

しかし、今回ばかりは鷹崎部長や鷲塚さんにとっても、士郎の言動は謎なようだ。

「でも、何もなかった?」

「ああ」

俺も確認しながら、内心では「え~!?」って、声が出そうになる。

こと、大翔くんのお父さんに関しては、士郎が何を考えているのかさっぱりわからない。

かといって、俺たちは馬息子くんのご両親みたいに、引っ越しの挨拶から都心上げの都下下げみたいな喧嘩を売られたわけではない。

富山さんから「なんとか言ってやって」みたいな助けを求められたわけでもない。

この状態で、大翔くんのお父さん相手に、畳みかけるような正論をぶつけるっていうのも変な話だ。

これはあくまでも富山家内、それも水面下で起こっていることだから、士郎が表立って動かない、本人が気付いて反省と改善をするのを待つのみっていうのは、正しい判断だろう。

ただ、そうなるように何か仕掛けるのかな？

場合によっては、鷹崎部長に動いてもらうのかな？

なんて想像をしていたから、腑《ふ》に落ちないだけで――。

でも、そこは鷹崎部長も俺と同じみたいだ。

大人用にコーヒーや紅茶を淹れながら、話を続ける。

「それこそ、急に双葉くんから親子競技の手伝いを替わってほしいって言われたときも、本当にそれだけで。まあ、成り行きから話しかけることにはなったが、それだって世間話の域は超えていない。だから、やっぱりランチタイムかって構えていたんだが――、結果は獅子倉の独壇場だ。それも、きっかけは、なみちゃんのお父さんたちが、本社から栄転してきた上司自慢を始めたことだから、獅子倉が士郎くんから頼まれてっていうのもないだろうし――。少なくとも俺にはそう見えた。――って、俺がただ鈍いだけなのか？」

鷹崎部長は、とうとう自分の感覚まで疑い始めた。

それこそ俺に「兎田ならどう解釈をする？」って、ざっくりとだが獅子倉部長の熱弁ぶりまでの流れを教えてくれる。

でも、きっかけは俺も、なみちゃんパパたちの上司自慢で、獅子倉部長はそこに調子よく乗って話をしただけとしか思えなくて――。

〝え！　栄転で希望《きぼう》ヶ丘《おか》へ来られたんですか！　なんて羨ましい!!　確かに住宅街は多少のんびりした印象はあっても、駅周辺は何不自由なく開けているし、確か駅向こうには私立大学や附属高校もありますよね？　その上、徒歩圏内に職場や公立学校があって、いざ都心に出るってなっても一時間程度。住宅費にしたって、同じ金額で庭付き一戸建てが借りられるし買える。何より、お子さんを伸び伸び育てられて、完全に勝ち組じゃないですか！〟

〝……勝ち組？〟

単純に考えて、獅子倉部長は本気で大翔くんのお父さんの一家で転勤が、羨ましかったんだろうと、俺は思った。

テンション高く捲し立てるから、本郷常務たちやお祖父ちゃんたちまで、驚いて振り返ったらしいが。

ただ、全員が見守る中で、予期せぬ称賛を受けた大翔くんのお父さんは動揺するしかなかったのかな？

誰の目から見ても、困惑していたのがわかるほどだったそうだ。

〝そうですよ。通勤ラッシュはないし、残業しても帰宅が早い。それに、ご栄転ってことは、当然お給料も上がっていますよね。まあ、夜遊びに関してだけは、不自由するかもしれないですが――。その分、お子さんと遊べる時間が増えるし、家内は円満！　羨ましいなんてものじゃない!!　俺なんか、栄転だって言われて飛ばされた先がカンザスですからね、カンザス。それも上司はケンタッキーおじさんにそっくりなんですよ。カンザスなのにケンタッキー！　しかも、ビックリするくらい瓜《うり》二つなんですから〟

〝っ！〟

それでも「上司がケンタッキーおじさん」には、意表を突かれたのかな？

大翔くんのお父さんだけでなく、他のお父さんやお母さんたちも一斉に口元を押さえ、笑うのを堪えたらしい。

でも、言われてみるまで、気がつかなかった。

カンザスなのにケンタッキーって、これはこれでパワーワードだ。

しかも、獅子倉部長の話は、ここから本番だくらいの勢いで――。

〝あ、ちなみに。さっきから連呼してますけど、カンザスはカンザスでも都市部じゃないですよ。見渡す限り麦畑の地平線で、たまにあるのが牛舎です。それなのに犯罪率は北海道の二倍、ハリケーンがくれば牛が飛んできて、走行中の車のボンネットに激突されるんです。それも子牛じゃないですよ、立派な成牛でホルスタインの雌《メス》ですからね〟

十分話を温めたところで、鉄板ネタを投入だ。

そこに、一足先に戻っていた七生までもが「もーたん、ばーんよ！　ね～っ」と、真顔でやらかしたものだから、大翔くんのお父さんの部下たちも撃沈《げきちん》！

本郷常務たちまで堪えきれずに吹き出してしまい、飲みかけのお茶が咽《む》せて大変なことになったという。

〝命からがら助かるも――。たまに上司や同僚の誘いにのると、バーでジャズを聴きながら、バーベキュー肉で酒を飲んで、帰りはキラキラな噴水を眺めて帰るんです。あ、知ってました？　カンザスシティの三大名物がジャズ、バーベキュー、噴水だってこと。そして俺の慰め――現地彼女はハリケーンで激突してきたホルスタインの忘れ形見のモー子と、その孫牛のモー美ですよ。もはや人間でもない〟

そうして獅子倉部長は、最後に独身男の悲愴感《ひそうかん》溢れる話を繰り出し、トドメとばかりにスマートフォンの画像も見せた。

嘘も隠しもない、あのモー美ちゃんとのツーショットだ。

〝……っ。それは確かに、苛酷《かこく》ですね。いろんな面で――〟

ここまでくると、都落ちを嘆く大翔くんのお父さんでも、同情するしかないだろう。

よく、他人の不幸や苦労話に「自分だって」「自分のほうが」って話をすり替える人が居るけど、そういう隙もない展開だ。

多分だけど、この時点で大翔くんのお父さんたちは、どうして獅子倉部長が我が子でもない子供たちの運動会を見に来たのか、理屈抜きに納得できたんじゃないかな？

今なら「仕事のほうがついでに決まってるじゃないですか～」とか言っても、「ですよね～」って返ってきそう。

ただ、その分「なんてひどい会社なんだ」っていう誤解は、免《まぬか》れないだろうけどね。

〝一言で栄転と言っても、いろいろパターンがあるんですね〟

〝知らなかった。俺、もしかして地元で結婚して、就職できただけで、超勝ち組だったのかな？〟

〝それは、間違いなく勝ち組だ！　うん。俺たちは付いている!!〟

そうして、なみちゃんのお父さんたちが、揃って現状に感謝したところで、俺と富山さんが戻った。

獅子倉部長の「自称・負け組話」も、幕を閉じたのだった。

「ざっくりなのに、濃い話ですね」

俺は飲み物をトレーに並べながら、思わず呟く。

「だろう」

鷹崎部長も同じことをしながら、でもどこか満足げに笑っている。もしかして、これは隙を狙ってでも、俺に言いたくて堪らなかった話だったのかもしれない。

その場にいた人たちにとって、これを話せる相手は限られている。

おそらく帰宅後にもう一度、双葉や充功から聞くことになるかもしれないくらい、「聞いて聞いて」って類《たぐ》いの面白話だったから。

「あ、寧兄さんに説明してくれたんですか？　ありがとうございます」

――と、ここで俺たちのモヤモヤの主因《しゅいん》である士郎がやってきた。

手にはグラスを持っているけど、これは席を立つ言い訳かな？

オーダーは俺が受けて、すでにオレンジジュースを用意しているからね。

「士郎」

「獅子倉さんの話、面白いよね。けど、大翔くんのお父さんには、身につまされる内容なのかな？　僕としては、獅子倉さんの話を聞いて、この手があったか！　って思っちゃったけど」

士郎は俺に話しかけつつ、手にした空のグラスに半分ほどの氷を入れた。

「――この手？　獅子倉部長の話は士郎にとっても想定外だったの？」

「うん。まさに北風と太陽だなって。すごくいいタイミングで話をしてもらったと思うし。これって、どこの誰より大翔くんのお父さんが、強運の持ち主なのかもね」

話を進めながら、乳酸飲料を注ぐ。それも一口、二口で飲みきれる分だ。

やはり、すでに俺が用意していたからだろう。

とはいえ、未だ俺には士郎の説明や思惑が理解しきれない。

獅子倉部長の話が大翔くんのお父さんにとっては「北風と太陽」の「太陽」ってことなんだろうとは思うけど――、なんで？　って感じ。

「この流れで、大翔くんのお父さんが強運なの？」

鷹崎部長が残りのコーヒーを淹れている間に、俺は士郎に説明を求めた。

ここは鷹崎部長も、しっかり聞いている。

「だって、あんなに希望ヶ丘への転勤や引っ越しを心底から羨ましがってくれる人なんて、そうそういないでしょう。もちろん、鷹崎さんでもそういう話になったら、自然に都心よりここを褒めてくれたり、持ち上げてくれたりするって信じていたよ。それこそ〝ここには麻布《あざぶ》から住み替えるだけの良さがあるんですよ〟って、意味合いのことを言ってもらうだけでも、大翔くんのお父さんの都心主義へは、一撃になるな――って」

そう言って士郎は、ようやく口角を上げた。

ここへ来て、ようやく今回の思惑を話す。

やっぱり、大翔くんのお父さんに鷹崎部長を近づけたことには理由があった。

それも、理想の父親像や環境の変化への共感とは、まったく別の意味も含めてだ！

(麻布から住み替えるって――、確かにそうなんだけど。でも、相手の受け取り方によっては、ものすごいマウントに取られかね――あ！　だから士郎は、何も言わずに鷹崎部長を近づけたのか)

ようやく俺は、士郎の目論見《もくろみ》というか、意図が理解できた。

さすがに自分から、こうした話を切り出してください。目一杯都心勤め都心住まいのマウントを取った上で、この土地を褒めまくってください――は、頼みづらい。

というか、士郎だって、わざとはさせたくないだろう。

けど、仮に話の流れから、大翔くんのお父さんから切り出されたら、自然にそうした会話になってもおかしくない。

鷹崎部長なら、自分の判断でここへ越してくる利点を説明してくれるだろうし、それをどう解釈するかは、相手次第だ。

（うわ～。勝手にお膳立《ぜんだ》てだけして、説明もなく〝あとはお願いします〟作戦だよ。それも、鷹崎部長なら、絶対にこうしてくれるはずっていう、信頼の上での丸投げだ。あ、鷹崎部長が嬉しそう！　士郎からの〝信じてた〟に、完全に気持ちを持って行かれてる！）

俺は、あえて沈黙を守り続けてきた士郎に、そこはかとない腹黒さを感じた。

けど、それでもホッとしたり、感心したりするのが大部分を占める。

今回、士郎は一貫して「この問題は大翔くんのお父さん自身で解決するのが一番」だと言ってきた。それを有言実行するために、影響力のありそうな人間との距離を近づけることはしても、本当にそれ以外はしていないからだ。

士郎なら、俺たちがそこに疑問を抱いたり、焦れたりしていることは察していただろうに――。

でも、多分――だけど。これは士郎が得た情報の中から、大翔くんのお父さんという人を分析して、その上で決めた方法なんだろうなって、俺は考えた。

この人は誰かの意見に左右される人じゃない。

これまでに努力し、自分が望むような結果も出してきている分、他人がどうこう言うよりも、自分から気付いたほうが素直になれる。

急がば回れではないけど、考えるきっかけさえあれば、あとは自分で軌道修正をしていくほうが、結局は一番早くて円満な解決へ繋がる。

ただし、用意したきっかけが無駄になる人だったら、今以上にできることはない。

最後の判断は、富山さんが下すことになるだけだし、他人は頼まれたときに、できるフォローをするだけだからね。

「大翔くんのお父さんが、都内のどこに住んでいたのかはわからない。けど、鷹崎さんは転勤や転職でもなく、通勤三十分内の都心から、わざわざ都下へ越してくる。それも、麻布の持ち家から。これを知ったら、これまでの価値観にヒビくらいは入るかなって。だって、見るからに金銭的な事情だろうと思えそうな人なら、そこまで衝撃は与えられないけど、鷹崎さんはそういう理由じゃないのが見てわかる。本当にここが好きで、ここを選んで、誰より家族を優先した結果、越してくるんだっていうのがわかる人だから」

それでも士郎がこの方法を取れたのは、鷹崎部長がいたからかな？

鷹崎部長からしたら麻布がどうより、きららちゃんとご両親の大切な家、思い出そのものだから守ってきたに過ぎない。

そして、引っ越しそのものも、きららちゃんや俺たちのことを最優先してのことだ。

けど、そういう価値観も含めて、きっと理想的な人だったんだろう。

大翔くんのお父さんに対してもそうだろうけど、士郎自身にとっても――。

「士郎」

士郎はその場でグラスを握り締めると、照れくさそうに微笑んだ。

もう、この時点で鷹崎部長は褒め殺しにあったみたいに、舞い上がっている？

心、ここにあらずみたいな顔になっている。

なので、残りのコーヒー、あと二人分は俺が淹れることにした。

「あ、でもね。ランチタイムは獅子倉さんの独壇場じゃなかったよ。寧兄さんは、七生達の相手をしていたから聞いてなかっただろうけど、シートの片付けをしながら鷹崎さんも、〝本当にいいですね。羨ましいですよ。うちも早く引っ越してきたいです。夏が待ち遠しいですよ〟って、めちゃくちゃ営業用スマイルで言ってくれたし！　鷲塚さんや常務さんたちまで、これに続けってばかりに、駄目押ししてくれたからね」

――と、ここで士郎が更なる追い打ちか!?

「え!?」

「……」

俺が思わず視線を向けると、鷹崎部長はスッと目を細めた。

これは――、完全に自分のことは内緒にするつもりだったのかな!?

もしくは、直感から話の流れに乗っただけで、士郎が思うような意図ではなかったから、逆に恥ずかしくなってしまった?

なんにしても、鷹崎部長の営業用スマイル&トークなら、俺も見たかったし聞きたかった!

でも、鷲塚さんだけでなく、本郷常務まで駄目押しって!?

「内心、やったーって、万歳しちゃった。ただ、話が盛り上がりすぎて、みんなで大翔くんのお父さんに向かって〝いいな、いいな〟しちゃったけど。そもそも気性的に和気藹々が苦手で、静かに籠もることが大好きってタイプだったら、全力でごめんなさいって状況だったかもね」

士郎は、その後も嬉しそうに話をしてくれた。

すべてが解ってすっきりした俺は、鷹崎部長と一緒にドリンクバーから席へ戻った。

ただ、身も蓋もないオチだな――感からは、正直言って、逃れられなかった。

さすがに、もしかしたら〝静かに籠もることが大好きってタイプ〟までは、考えたこともなかったからね。

5

いつにも増して充実感のある、そして、弟たちの成長を知ることとなった週末が終わった。

過ぎてみればあっという間のことで、夕飯を終えると我が家と隣家を除いたみんなは、明日に備えて帰宅した。

そうして一夜が明けた月曜日――。

振替休日なのは、充功と武蔵、七生だけで、あとは全員いつものように出勤、登校だ。

そう考えると、きららちゃんは疲れていないかな？　大丈夫かな？　と、俺は少し心配になる。

けど、そこは自宅を出てから十分もしないうちに届いた、獅子倉部長からのメールで安堵することに。「きららは車に乗った途端に爆睡《ばくすい》したぞ！」と、画像付きで教えてくれたからだ。

ただ、そんな獅子倉部長本人は、今回の休暇帰国に急遽出張が加わったことで、月曜から金曜までこちらで仕事だ。バタバタしていたから、内容は聞いていないけど、おそらく先日起こったトラブルに関しての報告がメインじゃないかと想像している。

なので、昨夜は鷹崎部長のマンションに泊まり、今朝は一緒に出勤だ。

今夜からは会社が契約しているビジネスホテルを利用するのかな？

問題がないなら、家《うち》や鷹崎部長、鷲塚さんのところから通ってもいいのではと思うけど。

それにしたって一週間だ。ある程度の着替えは必要になるだろうし、鷹崎部長から借りられそうなものだけ借りるにしても、限界はあるだろう。

そうでなくても、日頃から身体に合ったものをピシッと着ているのは、獅子倉部長も鷹崎部長と変わらないのに、どうするのか？　まさか急遽購入!?

獅子倉部長は、「一応、何があるかわからないから、スーツ一式は持って来ている」とは言っていたけど――。

などと心配していたら、そこはすでに境《さかい》さんが動いていた。

「――え!?　昨日のうちに注文して、今日の午前中には会社に届けてもらうんですか!?」

いつもと同じ時刻に家を出た俺は、会社のある最寄り駅へ下りたところで、境さんと声をかけ合った。

そして、「そう言えば獅子倉部長のことですが」と話を振ったら、即答がこれだったんだ。

「急に仕事をぶち込んだのは、こちらの都合だから。それぐらいのフォローはしないと、悪いだろう。ただ、獅子倉部長は鷹崎部長と一緒で、虎谷《とらや》専務の影響をまんま受けてる人だからさ。オーダーメイドの型紙を保管しているほどの行きつけってなると、銀座にあるＳＯＣＩＡＬ《ソシアル》で。今回は急ぎだから、既製品からサイズ調整をしてもらえるように依頼したんだけど、それにしたっていい値段だった」

「ＳＯＣＩＡＬは、シャツ一枚が最低七万円からっていう、国産の中でも老舗《しにせ》の高級メンズブランドですもんね。既製品からの調整とはいえ、そこでスーツ一式となったら……。ため息しか出ないです」

俺たちにコスプレ衣装やモモンガの着ぐるみを作って、意気揚々と送ってくれる父さんの仕事仲間がトップデザイナーをしているところだけど！

――というのは置いといて。

さらっとすごいことを言ってくれる境さんは、俺より六歳年上の同期で、現在業務部に配属されている。

俺が勤める西都《せいと》製粉《せいふん》の創立者にして、経営者一族の直系子息で、間違いなく将来は管理職・経営陣になる人だ。

　そして、同じ部署ということもあり、獅子倉部長とはかなりツーカーな仲。

　しかも、鷹崎部長共々本社にいたときには、今現在俺たちが同期で手がけている〝97企画〟の基本を一緒に作っていた。

　入社して三年目は同じでも、仕事はバリバリにできるし、物事を見る目が違うし、ありとあらゆることに対して〝スケールの大きさ〟を感じさせる。

　やっぱり幼い頃から〝帝王学〟のようなものを学んできたのかな？

　そんなことを場面場面で思わせてくれる、すごい人だ。

「話が通じて嬉しいよ。まあ、このあたりは経費に紛れ込まして、会社に精算させるけどさ」

「――え？　できるんですか？　そんなこと」

「できなかったら、獅子倉部長の休暇帰国をこれ幸いに、仕事をぶち込んだ面々から個々に回収するだけだ。何せ、明日からは大阪本社へ行ってもらうし、明後日にはその足で北海道の三郷有機《さんごうゆうき》。金曜の朝一には、北海道からそのまま出社してもらう予定だから、スーツ一式代くらいこっちで持たなかったら、辞表を出されかねない」

　それにしても、ちょっと頭が付いていかない展開だ。

　連日残業続きでカンザスから帰国。

時差ボケもなんのそので、運動会二連続を初体験したあとに、この日程？　弟たちの行事には慣れた俺でも、さすがに今日は疲れを感じているぐらいなのに？

今日から金曜までに、東京、大阪、北海道でまた東京って!!

「――すみません。一度、整理させてもらっていいですか？　今日は普通に東京支社で、明日は大阪本社に行って一泊？　そして、水曜には北海道へ飛んで二泊して、金曜の朝一で東京に戻って来て出社ってことですか？　というか、北海道で二泊ってところで、三郷有機さんだけな気がしないのですが。他の農家さん巡りとかもってことですか？」

「お、なかなか鋭い！　三郷社長に連絡をとったときに、それなら近場の仲間のところにも顔を出してほしいって言うから、一日は道内巡りかもな。何せ、向こうで言う近場はこっちの二県、三県跨《また》ぎの距離があっても不思議はないし」

（やっぱりそうくるか！）

なんとなく発した言葉だったが、結果としては俺の想像が当たってしまった。

脳内に、モー美ちゃんやらモー子ちゃんのお友達にモテモテな獅子倉部長の姿まで浮かんでしまう。

ただ、境さんの話はこれで終わらなかった。

「まあ、獅子倉部長は本社でも農家さんでも人気者だから、しょうがない。むしろ、帰国してるのに顔を出さないのか――ってなるよりは、会社の金でご機嫌伺いに行っておくほうが、今後も仕事がしやすいだろうし。それに、三郷有機をねじ混んだのは俺だし、大阪、北海道へは同行するからさ」

どんなに俺が半歩下がっても肩を並べてくる境さんが、フッと口角の片側を上げて、視線を俺に向けた。

瞬間、獅子倉部長への無茶振りの発端は彼だと理解する。

「――ってことは、もしかして〝97企画〟に絡めてですか?」

「それもある」

「それも……? そうしたら本題は他ってことですか?」

なんだか胸がドキドキしてきた。

ここから先の話って、俺のような一社員が聞いても大丈夫なのかな?

すると、境さんは視線を前へ戻して、話を続けた。

「長い目で見たときに、俺自身が三郷有機の社長を始めとする農業主たちとは、親しくなっておきたいっていうのが一番かな。あとは、兎田なら、もう鷹崎部長から聞いていると思うが。今後もツァオミリングみたいな企業が出てくるとも限らないから、できるだけ現場との情報共有はしておきたいと思って」

先日、カンザス支社で発覚したトラブルの元凶？　親玉？　の社名を口にした。

（趙製粉《ツァオミリング》！）

それは、中国資本でもトップスリーに入る穀物《こくもつ》のアグリビジネス――資材、生産、加工、流通、販売のすべてを展開している――企業グループで、西都製粉にとってもライバル社のひとつ。近年では欧米諸国の会社を吸収し続け、つい先日も、西都製粉の契約農場だった一つを吸収合併《がっぺい》したばかりだ。

だが、そこが獅子倉部長がカンザス支社への転勤を受ける条件として、手がけるようになったカーンザ（今後小麦の代用品として考えられる多年生植物）の共同研究をしていた農場だったために、これまでの研究資料ごと持っていかれた。

なんでも農場の経営主が急死、代替わりをした途端に経営方針を変えたことが合併の一番の理由だそうだが、それにしたって――という内容だ。

それでも共同研究データは、まだ社内発表にさえならない初期段階のもので、カンザス支社でも共有されていたのが、不幸中の幸いだった。

また、代わりとなるパートナー農場を急遽探すことになったが、幸運なことに、事情を知ったモー子ちゃんたちの飼い主・スミスさんが名乗りを上げてくれた。元々亡くなった経営主とは仲がよく、獅子倉部長と引き合わせたのも彼だったというので、相当複雑な思いに駆られたことだろう。

とはいえ、やる気に満ちた新たなパートナーは、カンザス州一の農場主だ。

捨てる神あらば拾う神ありなんてものではない。

すべては獅子倉部長の日々の仕事ぶりや人柄、まめな付き合いがもたらした成果であり結果だろう。

ただ、これで「ああ、よかった」と胸をなで下ろせるのは、説明を聞くだけの立場にいる俺だからだ。

ゼロからではないにしても、これから獅子倉部長はスミスさんと一から研究の段取りや方針を相談していくんだろうし、いきなり出張扱いになったのだって、トラブルから今後に関しての詳細を幹部に報告・相談するためだろう。

そして境さんは、その報告や相談を受ける側の一人で――。

「今回は、吸収されたのがカンザスの農場だったから、まだよかった。これが自国の契約農場でやられていたら、こんな程度の被害じゃすまない。いや、うちとの契約なんかなくても、冗談じゃないって内容だ」

（え……!?）

「自国の農家を、食を守れなくて、何が大手企業だ。外資系に頼らざるを得ない経営状況に陥らせないことだって、俺たちにとっては大事な仕事だ。何かあっても、国がどうにかしてくれるなんて時代は、もう終わっている。そういう危機感を持たないと、この先、生き残っていけない」

（境さん――）

やっぱり俺と境さんとでは、視点がまるで違った。

境さんが獅子倉部長と北海道へ行く理由のひとつは、〝97企画〟に絡むこと。

それも俺たちの代のためだけでなく、次世代に引き継がれていくだろう企画そのものに、より協力的な国産小麦の農家さんがいたら心強いからだろう。

中でも三郷有機の社長さんは、国産有機小麦では特級品とされる〝雪《ゆき》ノ穂《ほ》〟の生みの親だ。

今も新たな良質小麦を生み出すべく品質改良の努力をしている方で、道内どころか全国でも名が知れている。当然顔も広いから、この機会に獅子倉部長を通して、より友好関係を深めよう――ということだと俺でも想像がつく。

でも、そうする一番の目的は、自社のためというよりは、自国の農家さんを守り、これからも共に栄えたい。限られた土地の中で、生きていく上で絶対不可欠な〝食〟を作り続けてくれる人たちを、そして土壌《どじょう》を守りたいという思いからだろう。

外国に頼ることばかりを考えていたら、それこそいつ足下を掬《すく》われるかわからない。

天候による不作や燃料の高騰《こうとう》など、ものが入らない、入っても高額になることは、ままあることだ。どこの国だって本当に食糧難となったら、自国が最優先なのは、当たり前のことだから、自給力はあるに限る。

獅子倉部長が会社を動かして始めたカーンザ研究にしても、そうした危機感を少しでも減らして、不測の事態に備えるためだろうから――。

(見ている先が、そもそものスケールが違いすぎる。けど、それは獅子倉部長や鷹崎部長だって同じ視点を共有してきたはずだ)

俺は、改めて境さんのすごさや、彼にとても深く関わっている獅子倉部長や鷹崎部長のすごさを感じた。

けど、鷹崎部長だけは、こうした視点の世界に生きることより、きららちゃんを引き取り、大切に育てていくことを選んだ。

そして、そんな現状の中にあっても、東京支社の第一営業部で本社営業部の売り上げを超えるという目標を立てて、俺たちにも「やれるだろう」と言ってくれている。

(鷹崎部長――)

俺は、まずは鷹崎部長が立てた東京支社での目標達成の力になれる仕事がしたいと思っている。

けど、これが達成できたら、次は俺が全力で鷹崎部長の生活面を支えることで、また境さんや獅子倉部長と同じ視点、思う存分働いてもらえたらな――という気持ちが芽生えてきたのも確かだ。

それくらい境さんの仕事や、自身に課した宿命のようなものに対する熱量がすごくて、なんだか俺まで胸が熱くなる。

ただ、何かにつけて俺は鷹崎部長に行き着いてしまうから、まずはそれより先にやることがあるだろう！　俺自身の営業成績をもっと伸ばさなきゃだめだろう!!　っていうのは、解っているけどね。

「――あ、すまない。熱くなりすぎたな」

俺が少し考え込んでしまったからか、境さんがハッとし、照れくさそうに笑ってくれた。

「いいえ。とてもいい刺激がもらえましたので」

「そういってもらえると助かる」

俺としては、途中から頭が鷹崎部長に飛んでいたので、内心「ごめんなさい！」と平謝りだ。

けど、こうして出勤途中に肩を並べ、貴重な意見や話が聞けた俺は、同期の中でも最高にラッキーだ。

そしてそれは社内で見ても同じだろう。

(自国の農家を、食を守れなくて、何が大手企業だ――か)

俺にはまだ、境さんの言う大企業に勤める社員として、やるべきこと、できることがなんなのかはわからない。

それでも「いつも弟たちにおなかいっぱい食べさせたい」という気持ちで働き始めたことに揺るぎはない。今はそこに家族が増えて、やり甲斐《がい》もできて、鷹崎部長の目標に貢献したいという欲も出てきた。

だとしたら、今の俺にできることは、どうしたらこれを叶えられるのか、そのためにはどう働き続ければいいのかを考えて、少しずつでも実行していくしかない。

(よし！　今日も精一杯働くぞ。それこそ獅子倉部長にも、負けないくらい！)

まだまだこんなことしか思いつかないし、できないけどね！

そうした俺のやる気はさておいて――。

連日ハードに動き回っている獅子倉部長からしたら、今朝になって境さんから届いたスケジュールメールには、怒り心頭《しんとう》のようだ。

「何が人気だ。何が移動は全部ビジネス使用で、ですからだ。そういう問題じゃないだろう。東京の仕事だけなら、鷹崎のマンションやトレーラーハウスに寝泊まりさせてもらって、朝晩ちびっ子わんにゃんに癒されるから、まあいいかと思ったのに。こんなスケジュールをスーツ一式で騙されるものか。冗談じゃない！」

俺たちが会社に着いたときには、すでに休憩室のいつものカウンター席で、一足先に付いていた鷲塚さん相手に愚痴りまくっていた。

鷹崎部長は、朝からこれを聞かされていたのか、俺を見るなり苦笑い。

どうりで、いつもはここで一緒に雑談をしていく境さんが、今朝に限って持ち場に直行したわけだ。てっきりあの熱量で、獅子倉部長や鷹崎部長と仕事トークを炸裂させるのかと思ったら、さすがの危機管理能力だ。

（それにしても、獅子倉部長。癒されるのが〝父さんとイチャイチャ〟じゃないんだ。なんだか、どんどんナイトに心酔していく鷲塚さんみたいになってきた？　あ、そこはもう、モー子ちゃんとかモー美ちゃんの話題が堂々と出てきたあたりで、方向性が変わっていたのかもしれないが――）

それでも獅子倉部長は、ふっと腕時計に手をやると、席を立った。

「あ、そろそろ時間だ」

俺は反射的に腕時計を見るが、時間的にはまだ少し余裕がある。

すると、そんな俺を見た獅子倉部長が、

「先に業務部の連中に活《かつ》を入れにいくんだよ。さすがに境を放り込まれてからは、部長たちも大人しく仕事だけしてるようだけど――。あ、〝97企画〟に関しては、俺も興味津々だから、金曜にでも様子を教えて。できるだけ業務時間に聞くようにはするけど、間に合わなかったらトレーラーハウスでよろしくってことで」

瞬時に仕事モードに切り替わっているところが、やっぱりさすがだ。

しかも、ここへ来て獅子倉部長からも〝97企画〟に時間を取ってもらえるなんて！

「はい！」

「了解！」

俺と鷲塚さんの声が一段と弾んだ。

特に今は、商品開発の段階だから、鷲塚さんの張り切り具合がすごい。

普段は「まったく獅子倉部長は人使いが荒いんだから――」なんてぼやいているけど、仕事ではリスペクトしていて、認めてほしい人の一人なんだってことがよくわかる。

「じゃあ！　あ、鷹崎。あとでな」

「ああ」

獅子倉部長は一足先に休憩所から離れた。

この様子だと、鷹崎部長も今日は獅子倉部長共々、上に呼ばれているようだ。

「カーンザの件だけですか？」

――と、鷲塚さんが鷹崎部長に問いかけた。

「ん？」

「いや。獅子倉部長が本社にまで呼ばれているってことは、急な出張の本題は、ツァオミリングが絡んでいるってことのほうかなって」

どうやら鷲塚さんは、獅子倉部長の出張を重く見ているようだ。

多分この辺りは、そもそもツァオミリングの第一目標が吸収合併した農場にあったのか、カーンザ研究にあったのか、これらを通じた我が社への悪意だったのかってことなんだろう。

一石二鳥とか三鳥なのは、二の次にして――。

俺は鷹崎部長の答えを聞きに身を乗り出す。

「――そこは俺も、これから聞くことになる。ただ、内容はどうであれ、話だけならオンラインもあるし、今日の報告会だけでも済む。だから、わざわざ本人を呼び寄せているのは、単純に幹部たちが飲みたいだけなんじゃないかっていうのが、俺の予想だが」

「……え!?」

鷹崎部長の返事は、俺だけでなく鷲塚さんにも予想外のものだったらしい。

そんなバカな――と言わんばかりに、力の抜けた声が漏れていた。

「鷲塚の世代だと、もう信じられないか。だが、俺たちは飲み会で育てられた世代だし、そもそも幹部たちが昭和の――。まあ、そういうことだ」

以前境さんと大阪へ飛んだ時の鷹崎部長と本社幹部の飲み会（なんか泊まりがけで飲んでた！）を思い返すと、それだけのために獅子倉部長を呼び出すことはあり得そうだ。

さすがにカンザスから呼ぶにはそれ相応の緊急性や理由がいるだろうが、すでに来ているところへ便乗させるだけなら――うん。やりかねない。

ましてや、オンラインで済ませられることでも、やっぱり対面でも聞きたいし――って、今ならこじつけられるだろうからね！

（幹部達の覚えがいいっていうのも、大変なんだな――）

それでも俺は、すでに境さんから「自分も同行する」と聞いていたので、十中八九鷹崎部長の想像通りなんだろうと思った。

むしろ、理由をつけて鷹崎部長まで呼ばれなかっただけ、マシなんだろう――って。

「――と、こっちもそろそろ時間だな。行くか」

「「はい！」」

そんな話をするうちに、俺たちもそれぞれの部署へ向かった。

鷹崎部長は朝礼後しばらくすると、上から呼ばれているから――と会議へ出席。

そしてその頃には、今朝の業務部には獅子倉部長が降臨《こうりん》！

元の同僚、部下たちの士気は上がるも、部長、課長、係長の役付きたちは、相当やりにくそうだった――なんて話が俺たちのところまで漏れ聞こえてきた。

＊＊＊

ゴールデンウイークに絡んだ外回りの調整を含めても、今週は通常営業の予定だった。

強《し》いて言うなら、金曜に獅子倉部長が戻ってきたときに、〝97企画〟のミーティング時間を確保できたら言うことなしだな――とは、思っている。

だが、俺は営業だ。先方都合の予定変更はままある話なので、そこは臨機応変に対応する。

それもあり、獅子倉部長から「間に合わなかったらトレーラーハウスでよろしく」と言ってもらえたことは、とても嬉しく助かった。

いずれにしてもこの週末も賑やかになるな――なんて思い、心が弾んだ。

――が、そんな俺に思いがけない話が来たのは帰宅後。

自分が食べ終えた食器類をシンクへ運んでいたときのことだった。

「鎌倉の佐藤《さとう》さんが俺に?」

「そう。〝よかったら程度〟だったけど。もし、寧が大丈夫そうなら、電話を変わってもらってもいいかな? なんか、仕事のことで相談したいんだって」

突然俺に連絡してきたのは、先日鎌倉のお祖父ちゃん家で会った佐藤さん――父さんの同級生だ。

「仕事? 俺でいいの?」

俺はキッチンから出ると、父さんから保留中の子機を受け取った。

仕事という以上、俺の勤め先を知った上でってことなんだろうが、これはお祖父ちゃんたちか、父さんが話していたのかな?

俺から言った記憶がないけど、話題に出るくらいはあるだろう。

ただ、俺自身はあのとき（今度は何屋の佐藤さんだろう?）って気持ちがあり、一緒に居た鈴木《すずき》さんが仕出屋《しだしや》さんだったので、その延長で「佐藤さんも自営なんですか?」って質問をしたのは、はっきり覚えている。

　すると、「ん？　我が家は先祖代々サラリーマンだよ。仕えることに関してのプロ家系なんだ」なんて冗談交じりに話してくれた。

　これだけでも気さくな人だと解る。

けど、話はそこまでで、佐藤さんがどんな業種にお勤めなのかは聞いていない。

「あ、後片付けはやっておくから、終わったらそのままお風呂に入って」

「ありがとう」

　俺は父さんの言葉に甘えて、子機を手に自室へ向かった。

　相手の要件に、まったく想像がつかないまま、通話の保留を解除する。

「もしもし。お待たせしました。佐藤さんですか？　寧ですが、こんばんは」

〝あ！　寧くん。こんばんは。急にごめんね。電話に出てくれてありがとう。今、十分くらいもらっても大丈夫？〟

　この電話は自宅から？　それとも会社で残業中？

　いずれにしても、話し方から仕事モードなのは伝わってきた。

　入り口は昔馴染みの子供宛てだけど、時間を確認してきたところで、これは――と察した。

「はい。大丈夫です。十分と言わず、三十分でも一時間でも」

なので、俺もここは一人の社会人、勤め人として話を聞く姿勢を見せた。

電話なのに自然と背筋が伸びるのは、いつものことだ。

〝ありがとう。そう言ってもらえると、助かるよ。実は――〟

そこから佐藤さんは、改めて自己紹介をしつつ、まずは勤め先を教えてくれた。

（東京もんじゃだ！）

聞けば、佐藤さんは、築地《つきじ》に本店・本社がある〝東京もんじゃ〟の平塚《ひらつか》工場事務所の営業さんだった。

ここは実店舗でもんじゃ屋さんを営《いとな》む一方で、小規模ながら自社工場を持っている。

主流商品は、冷凍食品〝レンチン東京もんじゃ〟シリーズで、自社通販専門だったはず。

小売りへの流通は、俺の記憶にない。

それこそ俺も食べたことがあるけど、ネット注文して「お土産《みやげ》〜」って持ってきてくれたのは、うちに通い始めた頃の鷲塚さん。

一応、「商品開発の自主研究。ぶっちゃけ、士郎くんたちから直接感想を聞くほうが、部内で検討するよりも勉強になるから」ってことだったが、その前の週に弟たちとの話題に出ていたから、気を利かせてくれたんだ。

けど、そういう名目のお土産だったから、当然俺たちは真剣に味見をした。

そして、商品は――といえば。

レンチンしても美味しいけど、オススメにあったように、ホットプレートで解凍焼きをすると、まさにお店の味に近くなり、バリバリのお焦《こ》げも作れて絶品だった。

ただ、具材はすべて国産で量もしっかりあるので、一食分が千円前後とかなりお高く、実店舗と大差がない。が、ここは実店舗で出しているメニューと同じ物を急速冷凍して、自社通販している品だから、コスト的にも下げようがないのかもしれない。

けど、こうした価格的なこともあり、我が家では気軽に食事やおやつ感覚でチンはできない。

鷲塚さん的にも、自社商品としては、あまり参考にならないと結論付けて、それきりになっていた。

何せ、自社製品にある〝レンチン！　麺入りもんじゃ〟は、具材こそ少ないけど、こだわりの鰹《かつお》と昆布出汁《こんぶだし》の醤油味に、もちもちの麺が入っており、仕上がりもトロトロ。

俺としては、中華あんかけそばと麺の量が違うだけなんじゃ⁉　って気もするけど、ベースの出汁が違うのと、店頭価格で税込み二百円を切ることから、安定の人気商品だ。

これを社内割で買える俺からすると、同じ粉物に一食千円前後＋送料は厳しいかな、となる。

ましてや家族の人数で考えたら、それこそ生地から作るほうが割安だ。

鷲塚さんの意見も、通販するくらいなら築地まで食べに行くかな――だったしね。

ただ、相手が粉物屋さんなら、当然「今と同じ粉を、少しでも安く仕入れたいんだけど」って話なのかと思ったら、そういうことではなかった。

〝それで、もし時間の都合が付くようなら、一度会社へ来てもらえないかな。現在の粉の仕入れ相場を、うちの社長に説明して欲しくて〟

「――相場の説明を？」

〝ああ。どう考えても、今の仕入れ値で続けていたら、会社が持たない気がして。工場長や他の幹部たちとも話をしてるんだけど、とにかく社長が頑固《がんこ》で――。もちろん、寧くんが知る相場そのものと、実は大差がない。俺たちの勉強不足だったたってことなら、そこは考えを改める。いずれにしても、仕入れる側の知識ではなく、卸《おろ》す側の専門知識や意見が欲しいというのが、正直なところで――〟

そもそも、今契約している小売業者さんとは、開店当時からの仲――というか、社長同士が幼馴染み。

ただ、相手の社長は三年前に他界しており、今は息子さんが二代目社長になっている。

が、代替わりをしてからの値上げが厳しく、これに合わせていたら自社も価格設定を変えなければ採算が取れない。

しかし、そう簡単に値上げができるような商品ではない。

そもそも同業の中でも、高価格設定の店だという自覚もあるので、さすがにこれ以上は――とのことだ。

もちろん、こうなると粉の仕入れ先を変えることも検討しているが、うちの社長としては先代に頼まれたのもあり、二代目社長からの仕入れを変える気がない。

それならそれで仕方がないが、だとしても、ここのところの値上げに納得ができない――内心、こちらに甘えてふっかけられている感が否《いな》めない――から、もっときちんとした説明が欲しい。

そしてそれを、社長からも二代目に求めてほしいから、まずは今現在の正しい相場を知りたいとのことだった。

（――ということは、製粉会社での相場というよりは、小売の相場ってことになるのかな。そもそも〝東京もんじゃ〟での年間消費量なら、ダイレクトにうちからでも卸《おろ》せそうな気がするけど？　まあ、ここは近年、うちのほうが取り引きの最低の卸量設定を下げたから？　昔から小売を利用していたら、気付けない部分なのかな？）

ふと、俺は新たな営業先の基準を見出した気がした。

実は、うちから直で卸せる年間契約量の基準が下がったのを知らずに、小売業者の大口利用となっているお店や工場って、意外とあるのかも？　と。

もちろん、小売業者さんのことも考えないといけないから、即日飛び込み営業とは行かないけど、ちょっとデータを集めてみることから、ご新規を探すのもありだよな。

ただ、東京もんじゃのように、契約の基本に個人的な繋がりがあるところは、また別の話になってくる。

〝人の気持ちに触れるところ〟には、用心に用心を重ねないと――とは思うからね。

とはいえ――。

〝ただ、こういう事情だから、寧くん自身にはなんのメリットもないし、申し訳なくて仕事で来てほしいとは言えない状況なんだ。だから、もしプライベートで時間が取れるようなら――。もちろん、日当《にっとう》は俺が支払うので〟

俺は、佐藤さんの言わんとすることや、感情は理解できた。

けど、二つ返事で「わかりました」と言うわけにはいかない。

なぜなら、たとえ俺が知る限りのことであっても、それは仕事で得た知識であり、貴重な情報だ。

個人で利用していいものではないし、ましてやアルバイト感覚でなんてもっての外《ほか》だと思うからだ。

「お話の内容はわかりました。ただ、それだと私用で名刺を出すことになるので、俺としては受けられません。それに、佐藤さんがこの件を頼んでいるのは、俺が西都製粉の社員だからですよね？　これがただ粉相場に詳しい友人の息子だったら、社長に説明してもらおうとは考えないですよね？」

俺は、相当行き詰まっている佐藤さんの気持ちを酌《く》みつつ、けど無理なことは無理だとはっきり伝えた。

そうでなくても、一枚の名刺が持つ重みは、カエル運送の件でも痛感したばかりだ。

軽く扱うことは絶対にできない。

〝――!!　申し訳ない。確かにそうだ。俺が浅はかだった〟

佐藤さんは、ハッとしたのか、すぐに謝罪をしてくれた。

おそらく佐藤さんとしては会社のことだけど、俺に営業に来てほしいという内容ではないから、こうした頼み方になってしまったのだろう。

そこに悪意はない。むしろ、俺への申し訳なさを感じるからね。

ただ、強いて言うなら、こういう部分って、その社長さんと考えが似ているんじゃないのかな？　とは思った。

気持ちが理解できる分、経営に危機感を覚えているにもかかわらず、強く説得することができないのかな？　って。

〝ごめんよ、寧くん。失礼なことを言ってしまって。聞かなかったことにしてほしいというのは、さすがに虫がよすぎるが——。本当に済まない〟

「いいえ。そういうことではないんです。伺わせていただくなら、我が社に乗り換えていただくくらいの気持ちで、当然仕事の時間内で行きたいと思います。もちろん、飛び込み営業と大差がないので、袖にされる覚悟もしていきますから、安心してくださいってことなので」

けど、どういう経緯や理由があるにしても、俺は今回のことを〝縁から舞い込んだ仕事〟として捉えた。

〝——っ!!　本当に？〟

「はい。ただ、反対はされないと思いますが、一応上に相談した上で、改めてこちらからアポを取らせてください。築地か平塚の工場か、どちらへ伺うにしても、俺の予定も調整する必要があるので」

〝寧くん〟

佐藤さんはとても驚いていた。

多分、仕事としては無駄骨《むだぼね》になりかねないのに？　っていう気持ちがあったからだろう。

そこは俺も、覚悟の上だ。そもそも、明確な年間消費量をまだ聞いてないし！

それによっては、ダイレクトに卸せるのか、あやしいからね。

ただ、それならそれで、我が社には第二営業部があるわけだから、少なくとも小売店に卸す値段や量を基準に話ができる。

少なくとも、小売店から仕入れるよりは、安価になるはずだ。

とはいえ、部署としては越境になりかねない話だから、そういう意味でも「上に相談」は不可欠だった。

そうでなくても、第二営業で勝手にスーパー〝自然力《しぜんりょく》〟さん相手に、「〝雪ノ穂〟、いいですよ。卸せますよ」なんてやられて、大ごとになったことは、まだ記憶に新しいからね！

〝そうか――。わかった。ありがとう。いい大人が、父親繫がりでこんなことを頼んでしまって、本当に申し訳なかった。それなのに、真摯な返事をしてもらって〟

「そこは気にしないでください。父さんも、こういうときに自分の息子の存在を思い出してもらって嬉しかったと思います。俺自身も嬉しいですから。あ、改めて、会社のほうのご連絡先を伺っていいですか？」

〝もちろん！〟

それでも最後は父さんの友人、息子として、快《こころよ》く話を終えた。

俺のスマートフォンのアドレス帳には、新たな営業の連絡先が記録されたのだった。

6

昨夜は「荷物も置きっぱなしだから」ということで、鷹崎部長のところへ泊まった獅子倉部長は、朝一で羽田空港へ。

そこで境さんと合流すると、大阪本社へ向かった。

そして今朝のコーヒータイムでは、ざっくりとだが鷹崎部長が昨日の報告会の内容を聞かせてくれた。

だが、ここはすでに社内でも出回っていたような内容の再確認だ。

どちらかと言えば、今後獅子倉部長がどう動きたいのか、またそのために会社に求めることはなんなのか——という、聞き込みが本題だったらしい。

まあ、だから俺や鷲塚さんにも、さらっと話してくれたんだろう。

ただ、カーンザの研究に関しては、今後小麦の代用品としての期待と同時に、多年生植物としてのサスティナブル効果を期待した部分があることから、獅子倉部長としては、

〝できれば小規模でもいいから、国内にも試験畑とこれを担当してくれる専門家がほしい。やはりカンザスとは気候が違うし、ゆくゆくは国産が目標なので〟

――というのが第一希望だった。

すると、支社長から、こんなことを言われたそうだ。

〝なら、今週は全力で動いたらええ。手はずは整っとるんやろう〟

〝？〟

〝そういうことで〟

〝――っ‼〟

そう。ここで獅子倉部長の今週の出張予定を組んだ境さんが、実は自分の目的だけでなく、獅子倉部長の希望を予測し、またそれを叶えるために大阪本社から三郷有機への強制移動を決めたことが発覚した。

それでも本社のほうは、まぁ多分、鷹崎部長が予想しているように、そういう話もするだろうが、その後の飲み会で大はしゃぎ――がメインなんだろう。

何せ、この報告会には本社の幹部もオンライン参加しているから、獅子倉部長の希望はこの時点で理解したはずだからね。

でも、三郷有機に関しては、獅子倉部長も改めて感心の溜め息が漏れたようだ。

〝三郷有機なら、有機農業の走りだし、社長は品種改良のベテランな上に研究熱心で実績もある。土壌再生を兼ねたカーンザの試験農場としては、これ以上のところはないでしょう。もちろん、これにどの程度の土地が要るのか、それがあるのかなんてことは、話をしないことには始まらないですが〟

〝出張ルートを知らされたときから、どさくさにその話も切り出してみようか——とは、思っていたが。なるほど、理解が深くて嬉しいよ。同時に、快く社員を働かせる手腕はさすがだな〟

〝この先は今以上に助けてほしいですからね。稀代《きだい》の九十期と呼ばれる獅子倉部長や鷹崎部長たちには〟

〝っ！〟

勝手に頭数に入れられていたことが発覚した鷹崎部長は、「は？」って感じだったらしい。が、実際はまんざらでもなかったんだろうなというのが、説明してくれた表情からは窺えた。

鷲塚さんにしても、

「結局、境さんの天下取りプロジェクトが一番壮大かつ、緻密だな。特に人材確保の餌付《えづ》けから入っているところとか！」

――なんて言って笑っていたが、本気で感心しつつも、これからいっそう仕事が、会社が面白くなると、期待に満ちた目をしていた。

(境さんの天下取りプロジェクトか)

少し前なら意味がわからず首を傾げただろうが、今の俺にはみんなのわくわく感が理解できるようになっていた。

西都製粉の社長の実子は四人のお姉さんと末っ子長男な境さんだけだから、この先役職へ付くのにライバルがいるのかどうかは、わからない。

お姉さんたちは、最初から境さんにあとを継がせようと一致団結しているみたいだし、何より経営者一族の幹部さんたちは、揃って元気にバリバリ仕事をしているから、世に言うお家騒動みたいなことも想像が付かない。

ただ、これから十年、二十年後を考えたときに、境さんが支社や本社で出世をしていって、彼の仕事を完全サポートする精鋭部隊として鷹崎部長や獅子倉部長の世代がずらり――とかだったら、それはもう企業ドラマどころではないだろう。

今以上に社内が盛り上がる予感しかしない！

もともと若くても実力があれば役職に付かせる、引っ張り上げるという方針の会社だが、こうなると最短で引っ張り上げられるのが、境さんなのかもしれない。

境さんだって、自分が心から尊敬し、信頼を置いている人がサポートやブレーンに付いてくれたら、心強いだろうからね。

(この先は今以上に助けてほしい――か。というか、こうなると支社長たちは、そもそも次世代の経営陣やそのブレーンを育成するために、獅子倉部長や鷹崎部長のような若い世代にも、早期出世させることを決断してきたのかな？　それこそ、最初から境さんを上へって考えていたとしたら、鷹崎部長や獅子倉部長たちが入社してきたときは、思わず〝よし！〟って握りこぶしの一つも作ってそうな気がする)

こうして胸が弾むようなコーヒータイムを過ごしたのち、俺たちは持ち場へ移動した。

(金曜日――。獅子倉部長がどんな土産話を持ってきてくれるのか、楽しみだな！)

そして俺はというと――。

「すみません。少しお時間をよろしいですか？」

昨夜、寝る前にざっくりとだが調べて作った資料を手に、俺は上座へ向かった。

東京もんじゃの件を、鷹崎部長、横山《よこやま》課長、野原《のはら》係長に話して、営業に行こうと思う旨《むね》の報告と意見をもらうためだ。

「――ということなんです」

とはいえ、資料は本当にざっくりだ。

まずは、東京もんじゃの公式サイトに公表されている会社概要と、宣伝キャッチにもなっている冷凍通販の累計販売数などをコピー。

そして、これらから本店と平塚支店を合わせた総座席数を確認した上で、必要最低限となるだろう年間売り上げを算出し、平均的な原価率から材料費を逆算。

また、その材料費の中から小麦粉の年間消費量を割り出した上で、類似した規模の契約店への出荷量を照らし合わせて検討を付けた。

なので、あくまでも目処《めど》でしかないことは、資料の冒頭にもはっきりと書いた。

これでも何もないよりは話がしやすいからね。

「兎田のことだから、辛《から》く見積もっているとは思うが――。これなら小口枠でいけるし、第一営業部で進めて大丈夫だと思う。ただ、昔ながらの付き合いに割り込むのは、難しいパターンだよな」

まずは営業にゴーをくれたのは、横山課長だった。

俺があえて相談を今朝にしたのは、こうしたときの判断は課長や係長の仕事であり、鷹崎部長の担当ではないからだ。

もちろん、俺自身が東京もんじゃを調べる、多少でも理解する時間がほしかったのは確かだが、ここは公私混同をするべきではないって考えたのが一番だ。

鷹崎部長なら個人的にでも相談にのってくれることが解っているだけに――。

でも、この判断が正しかったのは、資料を見ながら微笑んだ鷹崎部長が証明してくれていた。

言うまでもなく、俺の直属の上司は野原係長だしね！

それでもこの場は野原係長も、横山課長の判断や意見を優先させる形を取っていた。

「――ですよね。それこそハッピーレストランが我が社に乗り換えてくれるまで、何年かかったことか。それも、新人時代とはいえ鷹崎部長がアタックを始めて、本社転勤時代は前部長が引き継いで、なおかつこっちに戻ってきた去年にやっと――ですからね」

先方へ出向くことは了解はしつつも、やはり同じところに心配があったようだ。

「それも、乗り換えの一番のきっかけは、士郎くんの飲食業界へのレポートだったしな。あ！　責めてないからな！　兎田」

話の矛先《ほこさき》が矛先だったからか、すぐに横山課長がフォローをしてくれる。

つい先週、「あれから一年か――」なんて思ったばかりだから、余計に入社以来の大失敗を思い起こして、頬が引き攣りそうになる。

──が！　ここはもう、気にしても始まらない。

今こそハッピーレストランでの失敗をプラスに変えるときだ。

それこそ仕入れを縁故《えんこ》契約からうちに乗り換えてもらおうと思ったら、鷹崎部長ほどの人でも信用作りに時間がかかるし、交渉にもそれ相応の切り札がいる。

しかも、成功したらしたで、元の契約相手から逆恨みをされる覚悟もしておかないといけないんだっていう、経験までさせてもらったしね。

「はい。大丈夫です。あのときのミスは勉強になりましたし、その後もいい経験をさせてもらっているので」

あれから俺は本郷常務や隼坂部長には、本当にお世話になっているし、たくさんのことを学ばせてもらった。

一度は恨まれただろう後藤《ごとう》製粉の社長さんとも、最終的には「お互い切磋《せっさ》琢磨《たくま》し、頑張りましょう」みたいな関係にもなれたしね。

（あ！）

すると、ここで鷹崎部長が目を通し終えた資料をデスクへ置いた。

片手ではパソコンを操作していたのかな？

東京もんじゃのサイトを、自身でも確認していたのかもしれない。

何にしても、一瞬で俺だけでなく横山課長や野原係長の背筋までピンと伸びる。

「そうだな。この件に関しては、初回は挨拶がてら佐藤さんの顔を立てると同時に、こちらも勉強をさせてもらう気持ちで行くぐらいが丁度いいんじゃないか。社長同士の縁だっていうなら、兎田が行くのもきっかけは縁ってことだし」

「挨拶がてら――、勉強ですか」

（あれ？　転勤してきた直後からハッピーレストランを落としにかかった鷹崎部長にしては、ゆるくないか？）

俺は、設定していたハードルをいきなり下げられた気がして、間の抜けた声で聞き返してしまう。

「ああ。兎田が気付いたように、確かにうちが小口用の最低出荷量を下げたことを知らずに、これまでどおり小売店で契約している飲食店や生産工場は一定数いると思う。ただ、俺たちの部署の特性として、これまでそうした経営者と接触する機会がないに等しいのは、第二営業部があるからだ。向こうは加工された商品がメインだが、その中には一キロから二十五キロの小売り用の粉も含まれる。兎田が越境にならないか心配していたのも、ここだと思うしな」

その後も鷹崎部長の口調やトーンは、変わることがなかった。

俺が伝えたかったことのすべてを理解した上で、やっぱり「まあ、落ち着け」って言いたげに、淡々と話をしてくれる。

「それと、顧客によっては部署担当を入れ替えるほうが、多少でも経費を抑えられるなんていうケースが出てくるかもしれない。そうなったときは、顧客の利益を優先するために、内部調整をするのも俺たちの仕事だ。そういう意味でも、今回みたいなケースで直接経営者と話ができる、現場状況を聞かせてもらえるのは、今後のプラスになる。いずれにしても、俺たちの利益は、購入側にも利益があってこそだからな」

そうしてニコリと笑って、話はここまで？

俺は、あれ？　あれ!?　って、若干困惑しつつも、まずは鷹崎部長の意見をそのまま受け止めた。

鷹崎部長なら「了解。それなら乗り換えてもらう気で行ってこい」とか、そういう意味合いのことを言われるだろうと思っていたから、拍子抜けしてしまったのだ。

「——はい。わかりました。ありがとうございます。あと、すみません。俺、もしかしたら、肩に力とか……入りすぎていましたか？」

要はこういうことかな？

俺が首を傾げてみせると、最初から隣に立って話を聞いていてくれていた野原係長が、ポンと肩を叩いてきた。

「いやいや。気持ちはわかるし、意気込みとしては正しいよ。ねえ、横山課長」

「まあな。ただ、今回の話は、現時点で兎田自身にいい気付きがあった、今後の営業に役立つ視野が相当広がったってだけで、十分プラスになっている。だから、そういう気持ちを前面に出して行く分には、その佐藤さんも楽なんじゃないかってことだ。兎田に対しても、友人であるお父さんに対しても」

「はい。――あ！　理解しました。お気遣いをありがとうございます」

俺は改めて鷹崎部長たちに頭を下げた。

野原係長は俺のやる気を肯定した上で、横山課長は鷹崎部長の「まあまあ、落ち着け」的な意見に賛同した理由を教えてくれたからだ。

うん。単純な話だが、俺が張り切って自滅したところで、そこは最初から想定内だ。けど、俺を巻き込んだ佐藤さんからすれば、今以上にダメージを受けかねないし、そうなった場合、巡りに巡って一緒に凹《へこ》むのが俺や父さんってことにもなりかねない。

特に鷹崎部長は、鎌倉で佐藤さんと挨拶もしているし、父さんたちが昔話で盛り上がっていたのも見ている。

そういう背景を考慮した上で、まずは人間関係の重視と維持が最優先でいい、少なくとも、今の時点で俺自身が今後の営業展開へのヒントをもらっているんだから、こちらとしてはそれで十分だっていう判断をしてくれたんだろう。

しかも、実際に「上司にもこう言われて来たので」って伝えるだけで、佐藤さんの俺に対する気持ちだけは軽くなるだろうしね。

（鷹崎部長。横山課長、野原係長も。本当になんていい上司！　頼りになる‼）

ただ、俺がホッと胸を撫で下ろしたときだ。

「あと、資料や計算はよくできているが、見落としがあるぞ」

そう言って鷹崎部長が、操作していたパソコンの画面を、俺や野原係長のほうへ向けてきた。

「えっ？　見落とし⁉」

これには慌てて横山課長が席を立ち、俺たちと一緒に画面を覗く。

すると、一瞬で鷹崎部長の言うことを理解したのかな？

横山課長は「あ！　すみません。俺も見落としていました」と言って、ガックリと肩を落とした。

急な展開過ぎて、俺と野原係長は顔を見合わせる。

そして、改めて画面を見直すが、そこには東京もんじゃサイトの会社概要ページ。

しかし、これを鷹崎部長が手持ちのマウスで拡大すると、主な取引先の項目がアップになって――。

「「あ！　そうか」」

俺と野原係長と声が被った。

これには室内に残っていた先輩たちが、「どうした？」「何!?」って、ちょっとざわつく。

「わかったか。東京もんじゃの取引先の社名に、うちの顧客名はひとつもない。――で、全部検索をかけた結果、この月島《つきしま》商店が粉の卸元だ」

鷹崎部長はマウスを操作し、今度は画面に新たな会社のサイトを二つ出してきた。

一つは月島商店。

そして、もう一つは……。

「――で、この月島商店に卸しているのが関東《かんとう》製粉。さすがに、ここまで縁故関係ですと言われたら、それは失礼しましたって話だ。だが、そうでないなら乗り換えのターゲットは、むしろこっちだろう」

現在は、東京副都心に本社ビルを移転している関東製粉。

小麦の世界市場シェアでも、我が社と共にトップテンに入る国内屈指のライバル社だ。

「月島商店なら完全に第一営業部の管轄だ。兎田の計算が多少違っていたところで、担当

が第二営業部になることはないからな」

鷹崎部長は、俺の見逃しを数分たらずで指摘してみせると、いつかどこかで見たような微笑をフッと浮かべた。

(うわっ。これって、お前たちならできるだろう――ってか、やれって顔だ！)

これこそ上空を旋回する鷹が、獲物を見つけたときのようだった。

猛禽類《もうきんるい》の目――そのものだった!!


とはいえ――。

俺を煽るだけ煽って、なんなら「行け、エリザベス！」みたいな号令を出しておきながら、鷹崎部長は〝というのも、選択の一つだ〟って、付け加えて笑った！

〝話の成り行きによっては、そっち方向からでも、佐藤さんの相談には応じる努力はできるってだけの話だ。いきなり月島商店へアタックしろってことではない。それぞれの事情や状況を理解した上で、月島商店に仕入れ先の見直しを誘導するかどうかは、兎田の判断に委《ゆだ》ねる。くれぐれも、無理のない範囲でな〟

しかも、最終的には全部自分の判断で頑張れよ――と、ニッコリ笑われて。

（えええええっ!!　そんな殺生《せっしょう》な！）

内心で悲鳴を上げつつも、俺は今一度脳内でこの話を整理することになった。

その結果――。

「先ほどの件ですが。佐藤さんと相談した結果、来週の火曜に築地の本社へ伺うことになりました。まずは焦ることなく、先方に話を伺うことから始めようと思います」

俺は「上から許可をもらいました」ってことで、佐藤さんに連絡を取り、訪問日時を決めた。

まずは社長さんと会って話をしてみないことには、またそこで勤める社員さんの様子や、本店自体の集客状態などを見てみないことには、話の持って行き場も、落とし所も見えてこないと判断したからだ。

「了解」

鷹崎部長は横山課長たちと目配《めくば》せをしながら、「最初はそれでいい。まずは人間関係を大事にしろ」と言うように、返事をしてくれた。

やはりホッとするし、安心感が違う。

「では、今日の外回りへ行ってきます」

ここからは従来の予定通りに動き始める。

「ああ。気をつけて」

「いってらっしゃい」

「あ、兎田。俺も下まで」

「はい」

俺は、鷹崎部長と横山課長には笑顔で見送られ、そして何かの封書を持った野原係長とは、エントランスまで一緒に行くことになった。

「改めて思ったが。兎田の長所は、一人で無茶な決断をしない。用心深い上に報連相《ほうれんそう》がしっかりしているところだよな」

部屋を出たところで、野原係長が感心したように言ってくれた。

と同時に、足はエレベーターフロアではなくエスカレーターに向いており、俺はこれに従う。このまま少し話がしたかったのは、同じだったからだ。

「本当ですか。いつもお手数ばかりかけていると思いますが、そう言っていただけるのは嬉しいです。ありがとうございます」

極上な褒め言葉に、俺は素直に喜んだ。

当然、お世辞もあるだろう。

だが、こういう褒め言葉を通して、「今後も報告、相談、連絡は忘れるなよ」「うっかりで、欠かさないようにしろよ」ってことだろうと思ったから――。

しかし、そんな俺に対して、野原係長から笑みが消えた。

前を向き直すと、話を続ける。

「こちらこそ――だ。今日みたいなときも、家で資料を用意し、確認してくれた。俺なら報告だけで動いていたと思うケースだ。事後承諾はないにしても、相談はしていない」

これは、どこにポイントを置いて聞けばいいんだろうか？

野原係長とは性格も違えば、経験も違う。

働き方が同じでなくても、そこは仕方がない部分だ。

俺は、できるだけ思い付きだけで返さないように意識し、言葉を選ぶ。

「――そんな。俺の判断力が乏《とぼ》しいだけです。あとは、未だに自分の考えでどこまでしていいものかが、わかっていなくて。特に、今回みたいに初めてのパターンだと余計に」

結果、ここでも正直に話す。

もう少し気の利いたことが言えたらいいんだろうが、ここで取り繕っても、あまり意味がない気がしたからね。

すると、野原係長に笑顔が戻る。

「俺には、その考えで実行できることが羨ましいんだよ。何せ、俺だと今回の件なら独断で動いても、何がどうなるってものじゃないだろうし――って思考になる。けど、兎田は俺たちに聞いた。そうすることで、少なくとも三人の、特に鷹崎部長の貴重な意見を引っ張り出しただろう。けど、これって相談した結果であって、しなければ何も出てこなかったってことだ」

俺からすれば、こういう話を目下の者に、さらっと言えてしまう野原係長自身が、すごいなと思う。

もしかしたら、先ほど目の当たりにした鷹崎部長のすごさに覚えた感動が、同じだったからかもしれないが――。

「ようは、こうしたときに出てくる上司の意見や見方を知るか、知らないかってだけでも、将来的に出てくる差は大きいと思うんだ。すぐに必要なことでなくても、いずれどこかで必要になるかもしれない。参考にするような場面が出てくるかもしれないだろう」

それでも、俺からしたら貴重な教えだ。

野原係長は、自らの反省？　後悔？　を明かすことで、改めて大切なことを教えてくれている。

（相談した結果であって、しなければ何も出てこなかった――ことか）

俺も、言われて始めて、そうだよなって思う。

エスカレーターの一階、一階を下る間が、こんなに有意義な時間になるなんて。

「そう考えると、俺は一生懸命にやってきたとは思うが、常に自分の判断で動いて、こういう機会を逃してきたな——って。だって、ちょっとしたことでも上に意見を求められる時期って、限られているだろう。それこそ年を追うごとに、意見を出す側になるわけだし。せっかくうちの長は聞けば答えてくれるのに、代々、そういう人たちに恵まれてきていたのに、もったいないことをしたなって、思えてさ」

鷹崎部長よりも年上で、入社も早い野原係長。

ここは横山課長も同じだけど、最初は「すごい新人が入ってきたぞ」とか「これは負けていられない」っていう意味でも、我武《がむ》者羅《しゃら》になっただろうことは想像ができる。

それに、鷹崎部長が入ってきたときの部長は、虎谷専務だ。

部内のムードも、今以上にイケイケだったというか、「行くぞお前ら」「おー!!」みたいな空気感があっても不思議がないから、余計に個々の判断で突っ走ることも多かったのだろう。

それこそ、今日みたいなことなら、本来は数字だけで第二か第一か判断ができるし、場合によっては「縁故絡みのややこしい仕事に時間を割くなら、別を当たったほうが」っていう即決にも繋がる。

何より、その瞬間に出している自身の答えに、いいも悪いもない。

自信を持って突き進んでいなかったら、今の野原係長はいないわけだから――。

「俺の弱気というか、考え込んでしまうところには、そういう利点があるんですね。でも、それもこれも野原係長たちが、聞く耳を持って答えてくれる。自分で考えろって、放り出すことがないからだと思います。あとは、やっぱり十代で入っているので、俺に関しては、周りが甘やかしてくれたんだろうなって自覚もあります。特に、入社時は母のことでも、気を遣ってもらったので」

「兎田」

こうして思いを巡らせていると、今の俺があるのは、決して自分の性格や努力だけの結果ではないことが、改めてわかる。

社会の右も左もわからない、しかも母親を亡くしたばかりの十代を受け入れ、見守ってくれた会社やこの第一営業部そのものが、今の俺を育ててくれた。

そしてそれは、取引先の担当者さんたちも同じで――。

だからこそ、今回も「まずは縁を大事にしていけ」なんて、言ってもらえたんだろう。

小口の取引先を増やせるかもしれない。この可能性に気付けたことのほうが、俺にも部署にも重要なことだからって。

「でも、鷹崎部長や横山課長なら、今でも聞けば必ず答えてくれると思いますよ。それに、仮にですが、ちょっと部下の意見も聞いてみたい――なんてことがあっても、みんなが真摯に答えます。第一営業部って、そういう意味でもすごくいい部署だし。聞くこと自体は、どんな立場になっても、恥ずかしいことではないと思うんです。俺自身は、聞かぬは一生の恥、聞くは一時の恥でもないって考えなので」

俺は、野原係長に改めて感謝を伝えつつも、だからこそ今思うことも伝えた。

すでにエスカレーターは、一階フロアへ近づいている。

野原係長を独占している時間は、あと少ししかないからね。

「聞くは一時の恥でもない――か。そう言われると、確かにそうだな。まあ、だとしても、聞く段階や内容によりけりだとは思うが。少なくとも兎田からの相談は、調べ尽くして、考え尽くした上でのことだから、答えるほうも真剣になれる。今回だって、昨日の今日で資料を作ってくるし――。あれがあったからこそ、鷹崎部長も一瞬であそこまで思いついたり、調べたりできたんだろうからさ」

野原係長も、同じことを思っていたのかな？

一階フロアへ着くまでの間に、俺の言葉を受け止め、更にはもう一押し！　とばかりに、褒めてくれた。

「そう言っていただけると嬉しいです。それでも、パッと見て俺の抜けを指摘できる鷹崎部長はすごいし見習いたいです。横山課長にしても、瞬時に鷹崎部長の考えを理解して。また、そんな横山課長のことを、野原係長も同じように理解されていて――。俺は、本当に今の部署と上司に恵まれています」

「いや～。そう言ってもらえると助かるが。ぶっちゃけ、この状態で俺はどうやって出世するんだ？　っていうのも本音だぞ。かといって、栄転であっても、今の職場がよすぎて、余所へ飛ばされるのは嫌だしさ。贅沢な悩みだろうけどな！」

これはこれで野原係長の本心なんだろう。

出世への野心はあっても、鷹崎部長も横山課長も他部署に比べたら、とても若い部長に課長だ。年齢だけを見たら、平均的な年で役職に付いているのは野原係長だけだから、そういう悩みが生じても不思議はないだろうしね。

「まあ、そういうことで。気をつけて行って来いよ」

「はい！」

こうして俺は、エントランスフロアで野原係長に見送られて、本日の外回りへ出た。

（よし！　頑張るぞ）

東京もんじゃに行くのは来週になるが、新たな小口契約ゲットを目指すための行動なら、今からでも起こせる。

（昨夜のうちに、東京もんじゃの年間消費量に当たりを付けたのは正解だった。それに近い規模の商店なら、営業できる可能性がある。とはいえ、仲介業者に対する越境はできないから、目処だけ付けたら、そこからは緻密なデータ収集が必要だ。今の時代だからといって、どこでもホームページがあるわけでもないから、そこは骨が折れそうだけど――）

それこそ、街中を移動している間でも、できることがたくさんあるからね！

＊＊＊

週の始まりから慌ただしかったためか、俺の頭は火曜の段階ですでにショートしそうだった。

けど、週末には獅子倉部長が戻ってくる。

これに合わせて鷲塚さんも試作品（メインとなる新たな冷凍麺）まではどうにかしたいと奮闘していた。

「連日残業も覚悟している」

――なんて意気込みも口にしていたから、俺も何か新しい営業展開の構想の一つや二つ纏めておかないと！　っていう、わくわくと同じくらいに焦《あせ》りもあった。

しかし、そんな俺たちにとっては、ある意味「そう慌てるな！」「ここで焦ったところで、あとでミスが浮き彫りになってきたら意味がないぞ」という警告だったのかな？

それ以上に、獅子倉部長自身の実力であり幸運か。

大阪から北海道へ渡った水曜日の退勤時には、「こっちでの滞在期間が延びることになったから」という連絡が届いた。

ようは、金曜には東京へ戻り、日曜の夜にはカンザスへ発つはずだったものが、まだしばらくはこちらにいる。

少なくともカンザスに戻るのは来週末かそれ以降ということで、今は地元の農家さんたちとの交流を深める一方で、三郷社長とカーンザ研究の試験農場についての話を詰める。

その上で、カンザス支社長やスミスさん、本社幹部やうちの支社長を交えたオンライン会談を実現させて情報共有。今後の目標や構想を具体化するための話し合いが持たれることになったが、それなら獅子倉部長や境さんが同時通訳として三郷社長と同席しているほうがいいだろうってことになったそうだ。

早い話、三郷社長が獅子倉部長のカーンザの国内研究に対して、想像以上に興味津々で乗ってくれた。

試験農場としての共同研究についてもっと知りたい。

どう考えても、しばらくは手間賃程度で利益は出ないだろうに――。

そうしたリスクも覚悟の上で、引き受ける方向で話を聞きたいと言ってくれたので、急遽獅子倉部長も滞在日程を伸ばせないものか――となったんだ。

すると、このやり取りを側で聞いていた境さんが、いち早く動いていた。

獅子倉部長が「なら、帰国の調整を」と口にしたときには、出張期間の変更をしていた。

おそらくだが、話の方向によっては、そういうことになると予想し、事前に段取りをしていたのだろう。

それも、本社からカンザス支社まで。

また、オンライン会談にしても、自分たちがここにいる状態で行えるのがベストと判断し、獅子倉部長の北海道滞在そのものを長くすることで、調整していくことに決めたんだ。

けど、これって三郷社長からしたら、一番安心できる方法だ。

画面越しに通訳をされるよりは、側で獅子倉部長や境さんが説明をしてくれるほうが、話もスムーズだし、何より安心感が違う。

ましてや、そこでカンザスの農場主であるスミスさんとも顔を合わせるとなったら、通訳のニュアンス一つで印象が変わりかねない。

双方をよく知る獅子倉部長が間に立って通訳をするのが、一番理想的だからね。

「三郷社長は、俺が思う以上にフットワークが軽い方だったんですね」

「同意。境さんの根回しもすごいが、それにしたって――だ。うん。関わっているメンバーの全員が、ノリや勢いが段違いだ」

この話を獅子倉部長からの一斉メールで受け取った俺や鷲塚さんは、最寄り駅への道すがら、感心の声を漏らすしかなかった。

丁度帰りが一緒になった鷹崎部長も「まいったな」と漏らし、微苦笑を浮かべている。

「三郷社長は、もとから好奇心旺盛な人ではあるが――。それよりも、いきなり帰国して話を持って行ったのが、ツァオミリングにしてやられたばかりの獅子倉だ。このあたりの経緯も含めて話をしただろうし――。いても立ってもいられなくなったんだろう。スミス氏もそうだが、獅子倉自身やその仕事ぶりが愛されている証だな」

俺は、ここでも人脈のなんたるかを教えられる。

もちろん、いざっていうときに、誰かのために行動を起こすには、必要最低限の余裕はいるだろう。

特にスミス氏や三郷社長は、事業主であると同時に家長でもある。自身に関わる者たちの生活基盤が揺らぐような冒険は、情や心意気だけではできないだろうと思うんだ。

ただ、そこを踏まえて、わずかでも自分に余力があるなら、協力するぞって即決できるのは、やっぱり獅子倉部長と積み上げてきた信頼関係であり尊敬の念からだろう。

鷹崎部長が親友として誇らしい反面、「まいったな」と声に出てしまったのも、自分を改めて奮い立たせるような嫉妬心からだろうしね。

「そこへ先読みにかけては天才的な境さんが同席ですからね。きっと月曜の会議で獅子倉部長が希望を口にしたところで、十中八九決めるつもりで北海道へ行ったんでしょうね。こうなると、わざわざ大阪を経由したのも、その時間を使って、カンザス支社長を口説いたか、スミス氏に話を通してもらったりしていたのかな――まで想像しちゃいますよ」

そして、そんな獅子倉部長が鷹崎部長の同期だというなら、この事態を完璧なまでにサポートしている境さんは、俺や鷲塚さんの同期だ。

この事実だけでも、俺の胸は熱くなるし、鷲塚さんにしても同じだろう。

鷹崎部長たちが〝稀代の九十期〟だと言うなら、俺はもう、このタイミングで入社しているだけで奇跡だと思うし、境さんや鷲塚さんが「稀代に追いつき追い越せ」を目標に掲げるなら、微力ながら「俺だって！」という気持ちも逸る。

「あながち外れてはいないかもな。三郷社長がその気になっても、そこから本社やカンザス支社にお伺いを立てていたら、勢いを逃す。三郷社長だって曖昧《あいまい》な打診をされるより、あとは社長次第だ——くらいの状態で話をされるほうが、気分も上がるだろうから」

「確かに」

「まあ、なんにしても獅子倉と境が戻ってくるのは週明けになるんだろうから、無理や無茶な仕事はしないことだ。北海道から戻りました、その足でカンザスへ戻りますってことはないだろうし。獅子倉だって、今週末に兎田家へ行けなくなった分くらいは、それこそ境に都合を付けさせて、こっちに居座るだろうからさ」

「——はい」

でも、こうして俺たち気持ちが高ぶることを理解しているからこそ、鷹崎部長は「焦るなよ」と言って笑うのだろう。

「兎田もな」

「はい」

どこの誰より自分に言い続けてきた。

言い聞かせてきただろう、大切な言葉を——。

7

獅子倉部長の予定が二転、三転していくことで、一喜一憂《いっきいちゆう》するのは俺たちだけではなかった。

帰宅後、夕飯を摂ってシンクに立ったところで武蔵から、「獅子倉さん来るのは金曜？土曜？」と聞かれたので報告をすると、

「えーっ。獅子倉さん、北海道から帰ってこないの？」

「お休みの日もお仕事なの？」

「し〜し〜っ」

すでに「この週末は何をして遊ぼう！」で頭をいっぱいにしていた樹季、武蔵、七生は、お風呂上がりのパジャマ姿でがっかりしていた。

七生など、唇を尖らせて「ぶ〜っ」と、ふて腐れた顔まで見せる。

ただし、これにオムツ尻が一緒に揺れちゃうから、可愛いだけなんだけど！

「――え？　カンザスへ帰るのが遅くなったんだから、よかったでしょう。確かにこの週末は北海道にいるんだろうけど、来週には戻ってくるんだよ。きっと獅子倉さんのことだから、そこからはうちに泊まってくれるよ。僕の予想では、カンザスに帰るまでうちから会社に行ったり、休日を過ごしたりするだろうから、むしろ予定していたより、たくさん一緒にいられると思う」

するると、丁度二階から下りてきた士郎が助け船を出してくれた。

「え!?　そうなの士郎くん！」

「聞いたか、七生」

「やっちゃ！」

瞬時に解決してくれた！

「じゃあ、布団を敷いといたから、先に寝てて。僕も双葉兄さんや充功のプリントを確認したらすぐに行くから」

「「は～い」」

「なっちゃ、いい子。ねんねよ～っ」

その上、寝かしつけから受験のサポートまでしてくれて、感謝しかない！

実際の話、獅子倉部長がうちから出勤するかどうかは、戻ってこないことにはわからない。

けど、獅子倉部長さえよければ、うちは全員ウエルカムだし、鷲塚さんあたりは「俺もトレーラーハウスから通勤してみようかな～」なんて言い出す可能性もある。

それに、金曜の夜にはいつも通りに鷹崎部長ときららちゃん、鷲塚さんがこちらへ来る。

週明けからはログハウスキットの着工に入るってことで、日曜には機材だけ先に置きに来るとも聞いているから、なんだかんだで、また賑やかな週末になるのはわかっている。

そうして月曜を迎えて、学校だ幼稚園だって言っているうちに、獅子倉部長も顔を出してくれるだろうから、まあちびっ子たちも「わーわー」言っているうちに、「獅子倉さんが来た！」ってことになるんだろう。

「えー。獅子倉さん、戻ってくるのが週明けか。そしたら俺と入れ違いだな」

ここで充功が声を上げた。

俺の目の前、ダイニングテーブルでは双葉と一緒になり、士郎が用意した学習プリントをしている。

（そう言えばそうだ。週明けから修学旅行だっけ）

シンクで洗い物をしていた俺も顔を上げた。

この時期は、本当にイベントが詰まっている。

　すると、今度は双葉が走らせていたペンを止めた。

「あ、だな。けど、充功が帰って来る頃には、うちから通勤してるんじゃないの？　鷹崎さんの予想じゃないけど、この週末分は来週末に取り戻すぞってことで」

　充功に返事をしながら、マグカップを手にしてコーヒーを飲む。

　俺は（お代わりもいるかな？）なんて思い、コーヒーサーバーを確認する。

　半分ほど残っているので、これなら足りるか――などと思っていると、

「あ、そうか。そしたら土産も渡せるか。前のビデオを見直して、人数確認しとこう」

「人数？」

　ハッとする充功に、双葉が不思議そうに訊ねる。

　俺も同じ気持ちで耳を傾けた。

「カーネルさんとか支社の人とか。京都奈良の土産なら、外国人さんには受けがよさそうじゃん。気は心だから、高いものは無理だけど。嵩張《かさば》らないもので鹿《しか》かお寺か――そういう関係のならいいかなって」

「なるほどね。あ、駅で時間が取れるなら、切符や入場券なんかもいいかもよ。地名が入るし、何より荷物としても嵩張らない」

「あ！　確かにそれいいかもな」

さも当然とばかりに、獅子倉部長どころかカンザス支社の人たちにまでお土産ってい
う発想になっている充功に、またそれになんの疑問もなくアイデアを出している双葉に
「え？」って声が漏れそうになる。
「充功や双葉兄さんらしい発想だよね。でも、この分だとお土産用に、回数券を何冊か買
うことになったりしてね」
しかし、牛乳とマグカップを手にキッチンへ入ってきた士郎からすると、これが今現在
の仲間内で、ごく自然に気を遣う範囲の人たちなのだろう。
もちろん、運動会のためにカンザスから来てくれた獅子倉部長への思いが一番だとは思
う。
けど、そんな獅子倉部長を快く送り出してくれた人たちがいること、またいつも一緒に
オンラインで盛り上がってくれる人たちがいることを、充功たちは忘れていないんだ。
（修学旅行のお土産に、現地駅の回数券。それも何冊って！）
俺は、何げない日常の会話の中でも、胸が熱くなるのを覚えた。
許されるなら全世界に向かって「俺の弟たち最高！」と叫びたくなる。
ブラコンに磨きがかかることがあっても、萎《な》えることがないのは、こうした弟たちの成
長に自分自身が常に驚かされているからだろう。

「それだけ渡したいと思える相手が居るって、幸せなことだね。ただし、預かった獅子倉部長は、また驚喜で泣き崩れそうだけど」

「——だね」

俺は、ニコリと笑う士郎のカップに、サーバーからコーヒーを注いだ。

士郎はそれに自分で牛乳を足すと、ダイニングテーブルへ戻っていった。


それから二日が経った木曜の夜、風呂上がりのことだった。

「寧兄、ちょっといい？」

「何？」

「これ、週末に鷹崎さんと行ってきてよ」

そう言った双葉が、洗面台で髪を乾かしていた俺に、江《え》の島《しま》水族館のペアチケットを差し出してきた。

「これは？」

「今月で付き合い始めて一年でしょう。でも、行事続きでデートとかできてないじゃん。だから俺からのプレゼント」

「え？」

　ドライヤーを止めて話を聞くも、いきなりのこと過ぎて驚く。

　同時に、自然と頬が熱くなる。

「いや、さすがに獅子倉さんが帰国している間は、ないだろうと思って。みんな揃って獅子倉さんが最優先になるのはわかってたし。けど、今週は北海道から戻らない、その分来週遊ぶって考えたら、次の週末はもう六月に入っちゃうだろう。どうせなら記念月にデートしてほしいからさ」

　気が利きすぎる弟から記念デートをお膳立てされ、俺はチケットを受け取るも、焦るばかりだった。

　確かについ先日も、ハッピーレストランでの失敗話から、鷹崎部長と初めて食事をしてから一年だな――くらいは思い出していた。

　鷹崎部長ときららちゃんが初めて家へ来たのも、告白されて交際に発展したのも一年前の今月だ。そう考えると、去年の今頃もかなりバタバタしていた。

　とはいえ、今年のバタバタ加減は、去年の比ではない。

　弟たちの学校行事や家族予定が多いのもさることながら、双葉が言うように、せっかく獅子倉部長が来てくれるんだから――というのもあった。

そこへ仕事でもトラブル発生からご新規話まで、次々と舞い込んでくる。

まずはいったん頭に入れて整頓しないとって思う情報も多くて、記念のデートなんて発想がまず浮かばなかった。

そこは鷹崎部長も同じだと思うし、なんなら俺以上にそれどころじゃなかったはずだ。

しかし、良くも悪くも「それはそれで、これはこれ」と考えるのが双葉だ。

何をどうしたら、「獅子倉部長が北海道から戻れないなら、今のうちに記念デートして来なよ」ってなるのかが、さっぱりわからないが！

というか、そもそもその発想が俺にはないからね。

「あ、ちなみにこの話は、父さんたちにも相談済みで、賛成が得られたと同時に鷹崎さんにもよろしく〜って連絡してあるから。ただ、俺のプレゼントはこのチケットと、徹夜将棋で行き損ねた江の島のオススメコース案だけなんで、無責任ですけど宿泊関係はお願いしますね、当然、きららはうちで見ますからって」

けど、それにしたって——だ。

すでに鷹崎部長に連絡済みって？

宿泊関係はお願いしますって!?

「——は!?　そうしたら一泊二日で行ってこいってことなの？　また江の島に？」

「だって、せっかく俺たちが温泉に入っている間に、デートしてもらおうと思ってスケジュールを組んでいたのにさ。うっかり俺まで将棋大会にのめり込んで、スッと飛ばしちゃったから。そこも合わせて説明をしたら、鷹崎さんも快く了解してくれたし。宿も急いで探すよって言ってくれたから」

そもそも、そんなスケジュールをいつ立ててたんだよ？

俺だって温泉は楽しみにしていたのに、まったく聞いた覚えがなかったぞ！

それに、江の島でデートしたカップルは別れるってジンクスがある。

そんな話題がお祖父ちゃん家にいたときに、ちらっと出たよな？

もっともこれに関しては、

〝それって、デートスポットとして有名な分、昔から遊びに来るカップルも多い。ようは、分母が大きければ、その後に別れたカップルの数も自然と多くなるのに、別れた数だけが一人歩きをして、正確な比率計算をされたことがないんじゃないの？　それこそ今では某夢の国のほうが、カップルクラッシャーコースになっているかもよ〟

士郎が理路整然と言ってくれたから、うちでは「あ、そっか！」ってことで、オチが付いていそうだが。

でも、実際にデートで行くとなったら、少しは気にならない？

双葉の中では、都市伝説的なジンクスよりも、士郎の確率計算話のほうが絶対的な信頼があるんだろうけど。

「それでも遠慮が先立ちそうなら、父さんのお友達の佐藤さんだっけ？　こんにちは〜とかって挨拶だけしに行ったら、仕事のついでにちょっと遊んできちゃった〜って、自分への言い訳ができるだろう。まあ、そうは言っても。ちびっ子たちには、今回は寧兄さんに鷹崎さんを連れ出してもらって、その間に来月の誕生日祝いの計画を立てよう——で、納得させるつもりだし。特に七生には、次はきっパのえーんえーんだな！　って言えば、間違いなくノリノリで留守番するだろうから、安心して行ってきなよ」

それ以上に、今度は鷹崎部長で何をする気？

確かにその理由なら、七生はノリノリで留守番をしそうだけど、俺からしたら説明をしている双葉のほうがウキウキに見えて、断るという選択肢が浮かばない。

それにもう、鷹崎部長は宿探しをしているんだろうし。

「もちろん。受験が無事に終わって、さて今度は俺たちのデートだってなったら、寧兄たちには倍返しで協力してもらうから。ここは、先付けだと思って。ね！」

俺は、双葉の気遣いに感謝しつつも、

（来年は覚えてろよ！　必ず隼坂くんとのすごいデートをプレゼントしてやるからな！）

心に誓った。

「――了解。そういうことなら、お言葉に甘えるよ。今週は疲れてるし、休日にまで仕事をしようとは思わないから、ありがたくデートだけを楽しませてもらうね」

こうしてこの週末は、鷹崎部長と江の島デートをすることになった。

＊＊＊

獅子倉部長の出張予定はいい意味で変更になったが、それ以外は至って通常通り。

俺たちは、今週も無事に仕事を終えることができた。

金曜の夜には鷹崎部長がきららちゃんとエンジェルちゃんを連れて、そして鷲塚さんがナイトを連れて我が家へやってくる。

また、翌日――土曜の早朝には、みんなに見送られる中、俺は鷹崎部長の車で一泊二日のデートへ出発だ。

「せっかくだから、楽しんでおいで」

「そうそう。俺らは鷲塚さんのトレーラーハウスで、モモンガキャンプだしさ」

「まあ、そういうことなんで」

「バウ！」

「「パウパウ」」

「帰りも慌てんでええからの〜っ」

「気をつけてね」

父さんや充功、鷲塚さんどころか、エリザベスやエイト・ナイト、おじいちゃんやおばあちゃんまで上機嫌で見送ってくれるものだから、気恥ずかしいなんてものではない。

鷹崎部長からすると、双葉から連絡をもらった時点で、この状態を想像した。

だが、あまりにその通りだったものだから、可笑しくなってきてしまい、逆に笑いを堪えるのが大変だったようだ。

しかも、鷹崎部長自身は、最初に双葉から「寧兄さんを交際一周年記念のデートに連れて行ってあげてください」とは頼まれていても、それ以外は何も知らされていない。

かといって双葉は双葉で、「だからって樹季たちに嘘はつきたくないからさ」ってことで、本当に俺たちの留守中に鷹崎部長の誕生祝いの予定を立ててるそうだ。

そのほうが、俺自身もちびっ子たちに嘘をつかずに済むし、いいでしょうってことで。

おかげでちびっ子たちまで、満面の笑顔で俺たちを見送ってくれる。

「きららたち、いい子でお留守番するから。ね、エンジェルちゃん」

「みゃん」

きららちゃんなんか、出がけにこっそり、「ウリエル様。パパを連れ出してくれてありがとう。ふふふっ」って、お礼を言ってきたほどだ。

ノリは「今夜はみんなで作戦会議！」なのかな？

「なっちゃも！　きっパ、えー……ぐぐっ」

「そうそう平気だよ！　ね、いっちゃん!!」

そのためか、ここでも七生がフライング発言をしそうになり、武蔵が大慌てで口を塞いでいた。

やっぱり七生のサプライズは、相手をえーんえーんさせることなのかな？

もしくは、サプライズ行為そのものを、えーんえーんと表現している？

なんにしても、双葉が目論んだとおり、みんなノリノリだ。

「うん！　僕たちに任せて。ね、士郎くん！」

「う……、うん」

「ってことだから！　いってらっしゃ～い」

必死で誤魔化そうとする樹季に、珍しく士郎まで笑いかけて、最後は双葉まで慌てて俺たちを追い立てるようにして見送ってきた。

「ひっちゃ！　いってらね～」

本当！　この状態で鷹崎部長と二人きりになる俺のことも、少しは考えてほしいよ。

吹き出しそうになるのを堪えるのが大変じゃないか！　って、贅沢な愚痴を零したくなる。

車を出すと同時に、鷹崎部長は吹き出していたけどさ！

「まあ、せっかくの好意だ。有り難く行かせてもらおう」

「はい！」

でも、これはこれで楽しいデートだ。

俺は鷹崎部長と笑い合いながらも、まずは江の島水族館へ向かうドライブを楽しむことにした。

とはいえ――。

（それにしても、みんなでどんな誕生会を計画する気なんだろう？）

ちょっと会話が止まると、俺はつい考えてしまう。

これから話し合って、明日の夜には教えてもらえるんだろうが、俺は気になって仕方がない。

もしかしたら獅子倉部長の大好き抱っこに変わる何かを生み出すのかな？

そもそも鷹崎部長が、感涙しそうなほどの何かって、どんなことなんだろう？　って。

（あれ？　意外と想像が付かない。これは難しいんじゃないか？）

「やっぱり、寂しいか？」

すると、鷹崎部長が聞いてきた。

「え？」

「いや。やっぱり、みんな一緒の週末のほうが、よかったんじゃないかと思って」

俺が考え込んでいたためか、誤解させてしまったようだ。

これなら素直に笑っておけばよかったかな？

それとも、七生の〝きっパ、えーんえーんね！〟はさておき、「俺たちの留守中に、誕生会の相談をするみたいですよ」ってことだけ、話しておく？

でも、ここは俺自身の気持ちを打ち明けるほうがいいか――。

「それはないです。やっぱり鷹崎部長とのデートは嬉しいので。ただ、いつの間にか七生たちは、俺がいなくてもけっこう平気になってきたんだなって思うと、楽だなって気持ち半分、もっといやいやしてほしいなって気持ち半分で――。けど、お留守番は今日が初めてってわけでもないので、ある程度は時間をかけて慣らされてきたのかなって、気はしますが」

俺は、今感じていることを伝えた。

弟たちの、特に七生の聞き分けがいいのは嬉しいが、「ひっちゃひっちゃ」で離れようとしなかった頃が懐かしいのは確かだ。

それこそ、今もそんなだったら「きっパ、ばいば～い」なんて言い出しかねないのに、「ひっちゃ、いってらね～」と、笑って手を振られる側になると、なんとも表現しがたい気持ちになる。

これればかりは、嘘も隠しもない俺の本心だ。

「そうだな。きららなんか、兎田家へ通うようになったら、世界の中心が〝天界〟になった。平日に頑張れば、週末はみんなと会えるっていうルーティンのおかげか、俺だけでなく、園でも驚かれるくらい聞き分けのいい子になって、自立心も旺盛だ。逆に、そこが心配になるときがある」

鷹崎部長は、運転から気を逸らすことなく、自身の気持ちを明かしてくれた。

こうしてみると、安心と心配は常に表裏の存在だ。

でも、安心だけでは油断に繋がるし、油断は心身の怪我に繋がりかねない。

そう考えると、どちらも持ち合わせていることは、危機管理にも繋がる。

これは育児だけに限ったことではないだろうし、普通に生きていく上でも意識しておくほうがいいものだ。

「だが、子供がいい子すぎて、聞き分けがよすぎて不安になるなんて発想は、兎田と知り合っていなければ、俺にはなかったものだ。けど、こうした変化が俺に起こっているんだから、きららにも何かしらの変化があっても、不思議なことではない。これはこれで成長なんだろうとは、理解している。親離れが早そうで、寂しいがな」

俺は、鷹崎部長の話を聞きながら、ふと笑みが浮かんだ。

せっかく双葉が気を利かせてくれても、きっと俺たちは作ってもらった時間の半分以上を、こうした話で埋めていく気がした。

これが確信に近かったからだ。

「気持ちは一緒ですね。俺は、自分が弟離れできる気が、今はまったくしないので。寂しいよりも、ゆくゆく迷惑をかけないようにしなきゃな——って気持ちのほうが、大きいかもしれないです」

「そりゃあ、末の七生くんはまだ二歳だからな。成人するまで、独り立ちするまでと考えたところで、あと二十年近くはあるんだ。まだまだ離れることを考える時期でもないんだから、当然だろう」

そこからも俺たちは、車が目的地に着くまで、また着いても、家族の話をしていた。

今週は結構、仕事の話もしていたからかもしれないが、そもそも話が途切れないのは、やはり人数が多いからだろう。

「あ、ですよね。けど、双葉が成人しても、大学を卒業しても、自信がないですね。そう考えると、父さんはもう俺に対して、上手く子離れしているのかもしれないですが」

「それを言ったら、寧だって、兎田さんとは程よい距離感になってると思うが。要は、個々に連れ立つ相手ができれば、自然とそれに見合う距離が取れてくるってことなのかもしれないが」

「――ですね。あ、でも。俺、実は双葉と隼坂くんのことがわかったときのほうが、大変なんじゃないかな？　って気がしてるんですよね。父さんはまあ、俺のときと変わらないと思うんですが。充功があぁ見えて、実は双葉っ子なところがあるので」

「っ!!」

中でも、一番時間をかけて、どうしたものかと話し込んだのが、双葉と隼坂くんのこと。これが周知されたときの、充功の反応への危惧《きぐ》だった。

「そんな気、しませんか？」

「――ああ。言われてみると、うん」

充功に関しては、鷹崎部長から見ても、同意できるブラコン度合いを感じていたようだ。

――と、同時に。鷹崎部長は、双葉たちの交際開始当時から、隼坂くんに恋愛相談を受けて、またアドバイスもしているので、万が一にも充功が受け止めきれずに、ぶち切れるようなことになったら、確実に巻き込まれるところにいる。

改めて備えねば――と、考えてしまったのかもしれない。

「――そうか。充功くんか。ただ、俺からすると、その充功くんに相手ができたときの士郎くんの言動も気になるし。そもそも士郎くんは、樹季くんたち以上に可愛がれる子はできるんだろうか？　って思うときがあってな」

俺たちは水族館へ行っても、江島《えのしま》神社や展望台へ行っても、今話したところで何がどうなるわけでもない兄弟ごとのブラコンの話をしてしまった。

「ですよね！　あと、武蔵は一番平和そうな気がするんですけど、七生がね。保育園に通い出した途端に、むっちゃむっちゃ、言うようになっているんで、ここもどうなのかな？　って」

「ああ……、そこもか」

せっかく二人きりで「恋人の丘」と呼ばれる龍恋《りゅうれん》の鐘《かね》なども回って歩いたというのに、自分たちのことはそっちのけで、弟たちの将来の話をし続けてしまった。

平日でもある程度の観光客がいるだろう江の島だけに、土曜の午後ともなると、目に付くのはすべてカップルだった。

双葉のスケジュール案には、

〝江の島に着いたら、まずはお参り。その後、龍野ヶ岡《たつのがおか》自然の森に、龍恋の鐘が設置されているから、これを鳴らして恋愛祈願。それから二人の名前を書いた南京錠《なんきんじょう》をかけてくると、永遠の愛が叶うと言われているからね！〟

などとあったが、いざ自分たちがこれをするって考えると、焦りと躊躇《ためら》いが起こった。

何せ、お正月に行った会社の保養所近く、長野のチャペル（ここも愛を誓うと云々《うんぬん》という謂《いわ》れのある恋愛パワースポットだ）で、観光客とバッティング！

咄嗟に現地視察に来た二人組の営業マンを装《よそお》ってしまったことは、まだ記憶に新しかったからだ。

（双葉〜っっっ。俺はともかく、鷹崎部長は歩いているだけで目立つんだよ！　どんなにコソコソしても、目を惹くの！　さっきなんか、カップルの女性がガン見してきて、彼氏が明らかにムッとしてて――。江の島のカップルクラッシャージンクスの確率を上げかねないことになっているのに、その上鐘を鳴らしてって。無理難題だよ！）

かといって、せっかくお膳立《ぜんだ》てしてくれたんだし――と思うと、ここまで来て無視ができないのは、俺より鷹崎部長だ！

もしかしたら、前もって双葉からこのスケジュール自体を知らされていたのかな？

海を望む小型の釣り鐘の側まで来ると、上着のポケットからすでに二人のイニシャルが記入された南京錠を取り出した。

準備万端だ！

「こういうのは、変に意識をせずに、さらっと済ませるほうが目立たない。仮に見られたとしても、好奇心旺盛な奴らだな――くらいで、気の毒がって見ない振りをしてくれる」

鷹崎部長は、そういう設定の自己暗示でもかけてきたのかもしれないが、それにしたってもはや一大ミッションだ！

(そんなバカな！　俺だけならそうかもですが、鷹崎部長を気の毒そうに見る人間なんて、異性でも同性でもいないですって)

そうは思っても、よくよく見ると楽しんでいる？

せっかく双葉が進めてくれたんだからっていうのが、口実になっている？

「寧！」

「は、はい」

俺は、これはもう鷹崎部長の中では、好奇心と遊び心をくすぐるイベントになっているんだと理解した。

声をかけられたタイミングで一緒に紐を握り締めて、鐘を鳴らす。

（どうか一生、ラブラブカップルでいられますように！）

周囲のカップルに気を配り、死角に入るだろうタイミングを狙い、しっかり祈願もした。

そうして鷹崎部長が用意してきた南京錠も、すでに数え切れないほどのカップルたちが付けていっただろうフェンスの隅に、しっかり付ける。

「ほら」

また、予備を含めた小さな鍵の一つを、鷹崎部長が俺にくれて――。

「ありがとうございます」

俺は、おそろいで持つことになったこの鍵を、すぐに手持ちのキーホルダーに付けた。

そしてそれは鷹崎部長も同じで、愛車の鍵を取り出して付けている。

（ミッションクリア！　ありがとう双葉！　鷹崎部長!!）

こうなると、現金なものだ。

俺は、一分前の躊躇いも忘れて、双葉と鷹崎部長に感謝しまくった。

その後は、二人で夕暮れに彩られた海を眺めつつ――夕飯。

あとは駐車場へ戻り江の島から移動、今夜の宿泊先へと向かうのだった。

「――わぁ。これは貸別荘ですか？　グランピングとはまた違いますよね？　純和風の離れというか、佇《たたず》まいが隠れ宿のようで素敵ですね。しかも露天風呂付き！　やった!!」

鷹崎部長が見つけてくれた今夜の宿は、小高い山の上にあった。

相模《さがみ》湾《わん》が一望できるその場所では、ゾーン分けがされており、麓《ふもと》のゲートに近いところからテントを持ち込む一般的なキャンプ場、中腹にグランピング。

そして、山頂近いこの場にあるのが、丸太小屋風や茶室風といった個性豊かな平屋がいくつか建つコテージゾーンだ。

隣の小屋とは一定の距離が保たれ、また間には竹製のフェンスも立てられているので、プライバシーもしっかり守られている。

建物のひとつひとつはこじんまりとしたワンルームといった印象だが、海が見下ろせる庭側のウッドデッキには、ヒノキの露天風呂と内風呂が設置されている。

四人くらいまでの人数で泊まるには、丁度よさそうだ。

和室に合わせたローベッドというのも、すごく洒落《しゃれ》ている。

「湯沸かしポットとお茶だけでなく、小型とはいえ冷凍冷蔵庫の中に飲み物や冷凍食品が数種！　電子レンジもあるから、手ぶらで来ても大丈夫なようになっていて、至《いた》れり尽くせりですね」

しかも、グランピングや小屋のオートロックは、予約時にメールで届く二次元バーコードを使用していてゲート付近に受付小屋も建っていたが、基本はオンラインで予約からイン・アウト、精算のすべてが済ませられる仕様になっていた。

ゲートにマンデリンホテルの名前とロゴがあったので、「そうじゃない！」とはわかっているが——。こうしたシステムを見ていると、以前連れて行ってもらったラブホテルを思い出して、ドキドキが増した。

そうでなくても鷹崎部長が上着を脱いで、ハンガーにかけた姿を目にしただけで、確実に体温が上がっているのに——。

でも、そこは鷹崎部長も同じかな？

同じだと——いいな。

「あとはルームサービスだな。夜食や朝食が欲しくなったら内線で頼めるから」

「ありがとうございます。でも、もう——お腹以上に胸がいっぱいで。いきなりのことだったのに、こんなにしてもらって——」

他愛もない話をしつつ、俺たちはどちらからともなく、テラス窓の前に立つ。

露天風呂の向こうには、月明かりに照らされた夜の海と街灯りが見える。

カーテンの代わりには障子と襖《ふすま》がセットされているから、どちらを使用するにしても、和室のムードが壊れることはない。

「それを言うなら、俺のほうだ。双葉くんにもお礼をしないとな」

「受験が終わってから倍返しでです」

「そうだな」

双葉から「指令！」とばかりに記念デートを言い渡されたときには、驚きと周りへの申し訳なさみたいなものが大きかったと思う。

けど、こうして時間を作ってもらい、実際に鷹崎部長と二人きりになると、感謝と喜びばかりが溢れ出す。家族や仲間と過ごす時間や仕事をしている時間は、すべてが貴重で大切だけど、それでも鷹崎部長との時間はやっぱり特別なものなんだとわかる瞬間だ。

「一緒に入るか」

鷹崎部長の視線が、露天風呂に向かった。

「……はい」

不思議と恥ずかしさは起こらなかった。

それよりも胸の高鳴りや欲が勝っている。

脱衣所へ移動したところで、躊躇いなく衣類を落としたことでもよくわかった。

（貴さん。今だけは、俺のもの）

内風呂は空だったが、ヒノキの露天風呂にはすでに湯が張ってあり、掛け流しになっている。

俺たちは軽くシャワーで身体を流してから、露天風呂に身を沈める。

五月も半ばを過ぎたとはいえ、海からの夜風はまだ少し冷たい。

間接照明と月明かり、微かな潮の香りが非日常を実感させてくれる。

「気持ちいい」

「本当にな」

そう言って笑う鷹崎部長も、今夜は非日常だ。

湯船から覗く肌も、俺を抱き寄せる腕の強さも、家や会社では決して見ない色香が漂っている。

（――貴さん）

俺は、自分からも身を寄せて、鷹崎部長に唇を合わせにいった。

外からの温かさとは全く別の熱気が、自身の中から湧き起こる。

水面に広がる波紋のように、湯船にもこれが広がっていく。

「今夜はいつにも増して綺麗に見える」

「え？　あん……っ」

唇が離れると、鷹崎部長の利き手が俺の背を、そして腰の辺りを撫でる。

「自覚が乏しいのがなんともだな。今日の寧は、間違いなく江の島のジンクスの確率を上げたと思うぞ。むしろ〝今日の彼、素敵だったね〟で、盛り上がれるカップルは、それこそ末永く続くだろうな」

「んっ……そんなっ」

いつになく饒舌《じょうぜつ》に語る唇が俺の頬から首筋を這い、その利き手も腰から前へ回って、俺自身を握り――包む。

これだけでもどうにかなってしまいそうで、俺は彼に身を委《ゆだ》ねつつも、両手を肩に回す。

俺からも、抱き締める。

「カップルクラッシャーは……鷹崎部長ですよ。もう、何人もの女性が見ていたし、連れの男性は複雑そうな顔をして……あんっ」

一点から、ゆるゆると送り込まれる刺激が、いつになくもどかしい。

最高のシチュエーションと心地好さをくれている風呂の湯が、送り込まれる刺激を軽減し、いつものような快感に至らない。

それなのに――この焦《じ》れったさがたまらない。

これはこれで、心をくすぐる快感がある。

「そうやって、俺のことは気にするのに、自分のことを気にしなさすぎだ。寧を見ていたのは、異性だけじゃない。同性も堂々と目で追ってきたからな」

「そんな――、んっ」

でも、こんな俺に焦れているのは、鷹崎部長も一緒かな？

いつものような反応が得られない俺自身をあおり立てるように、首筋を啄《ついば》み、ときには鎖骨に舌を這わせてきた。

ぴちゃんと弾けるような湯の音に、淫らで甘い俺の声が混ざる。

同時に下肢が震えて――なんだか、焦れったいを楽しむ余裕さえなくなってくる。

（――このまま、いいのに）

そんな思いが身体に表れてしまったのか、俺は両手を回した鷹崎部長にいっそう身体をすり寄せた。

特に構ってもらったわけでもないのに、自然と尖った胸の突起が、彼のそれと擦れ合う。

瞬間、背筋がゾクゾクし、覚えのない快感が巡った気がした。

「そうした視線が向けられる度に、俺は性格が悪いから、口角が上がりそうになった。許されるなら、自慢をしたくなったし、もっと見せびらかしたくもなった」

鷹崎部長の声色が少し変わった？

俺と一緒で感じたのかな？

語尾が、吐息が、いっそう艶《なま》めかしい。

でも、もう——限界？

鷹崎部長は、焦れたまま達することのない俺自身を放すと、代わりに俺に自身を跨ぐように誘ってきた。

今まで俺自身をあやしていた手で、今度は密部を探り、ほぐし始める。

（あ……っ、んっ）

でも、これはちょっと——きついかも？

俺がそう思うと同時に、鷹崎部長も察したのかな？

すでに十分温まって、火照った俺の身体を起こすと、今度は風呂の縁に両手を付くよう促してきた。

そして、湯船から上体が出た俺の陰部《いんぶ》に顔を埋めて——。

「あっ、それは……っ」

密部にキスをし、俺の固く閉じた窄みを押し開こうと、舌先を潜り込ませてくる。

（――んっ）

俺の身体が快感に押されて、自然と前のめりになる。

それでも、常に満ち溢れる湯のおかげで、俺の身体が冷めることがない。

（もう、中からの火照《ほて》りだけでも十分なのに――）

そんなことを思ったところで、俺の中から彼の舌が抜けていく。

これを留めておきたい欲と、すぐ代わりに得られるだろう彼自身への欲とが、俺の中で葛藤《かっとう》する。が、いずれにしても欲だらけだ。

「だが、それと同じくらい、直ぐにでもどこかへ隠して、誰の目にも触れないようにしたい――。そんなことも考えた」

吐息交じりの言葉と共に、鷹崎部長が背後からのし掛かってきた。

俺は、何も言わずに、身体を開く。

ゆっくりと入り込んでくる彼自身を受け止め、奥へと突き進んでくるのを全身で感じて、呼吸を整えるので精一杯だ。

「時々思う……。きららや七生くんたちがいるおかげで、俺はまだギリギリのところで、自制を保っているんだなって。そうでなければ――」

「……そうでなければ？」

それでも彼が言うのを躊躇うと、俺は息を吐きながら問い返した。

彼を根元まで受け入れてしまうと、逆に少し楽になる。

彼が、俺を抱き締めながら、ゆっくりと動き出す。

「誰の目にも触れさせない。自室に閉じ込めて、俺だけを見ろと言っていそうで、我ながら小さい男だと失笑しそうになる」

「――それなら、きっと俺も同じです」

俺は、次第に早くなるだろう抽挿《ちゅうそう》に合わせて、身体を前後に揺らした。

肉体の奥を突かれるたびに、呼吸がくぐもった喘《あえ》ぎ声に変わっていく。

「ん？」

「これまでそんなふうには、考えたことがなかったですが……。自分に置き換えてみたら、俺も絶対に同じことを言うだろうし、してしまうと思います」

「寧」

「好き……。大好きです、貴さん」

二つの肉体が、本能が絶頂を求めて動きを増す中、それだけでは足らずに俺の心は快感を求める。

「こんなに誰かを好きになる、独占したいと思う自分がいたことに、きっとどこの誰より驚いているのは、俺だと思う。それくらい、貴さんが好きです」

大好きな人に、溢れ出す思いを伝えるだけで、心が満たされる。

「――俺もだ、寧。好きだ。愛してる」

けど、大好きな人からの言葉は、それ以上に俺の心も体も満たす。

(貴さん……っ)

「未来永劫……、俺は寧だけを愛しているし、守りたいと思う」

彼の動きに激しさが増した。

俺の心と体の絶頂は、もう目の前まで来ている。

(貴……さっ)

「寧が好きな家族ごと、大切にしている関係ごと。愛しているからこそ束縛ができないってことを教えてくれたのは、寧だな――」

彼が迎える絶頂と共に――。

お互いに高ぶっていた欲求のまま湯船でしてしまったあとも、俺たちはベッドでしてしまった。

先週は鷹崎部長のマンションで二人きりになるも、寝顔にキスで終わっていたから、その反動もあったのかな？

終わってみると気恥ずかしいのはいつものことだが、何が一番恥ずかしいって、爽快感を自覚することだ。

（俺って、やっぱりエッチなのかも）

バカなことを考えているな——って思いつつも、横たわる鷹崎部長に寄り添っているひとときは、とても至福だ。

けど、俺がニヤニヤしすぎたのかな？

いつもなら、寝付くまで俺を見つめてくれる鷹崎部長の視線が、なぜか天井に？

「どうか、しましたか？」

俺は、何かやらかしたか？　と心配になり、思い切って問いかけた。

すると、鷹崎部長は視線を動かすことなく、言い放った。

「いや。兎田さんのご実家のほうが、なんかこう——、立派だったたなと思って」

「はい？」

「ここは真新しくて綺麗だし、立地もいい。ただ、年季の入った厳《おごそ》かさに絶妙なバランスの温《ぬく》もりみたいなものが、全然違う。築年数だけが持つ魅力のようなものを、改めて知った気がして」

どうやら余韻に浸る間もなく、この部屋の内装に気を取られていたようだ。

多分、こういうのって、いったん気になると、ずっと気になってしまうのだろう。

でも、俺からしたら「だからって、今それを言います!?」って話だ。

おそらく、いい意味でリラックスしているんだとは思うけど――。

「あとは――。これを言ったら身も蓋もないが。鷲塚のトレーラーハウスが、住宅街にあるとは思えないレベルで至れり尽くせりすぎる。この上、ログハウスが建つかと思うと、レジャー施設の中に自宅があるような錯覚に陥って、今後の宿泊施設を選ぶのが大変そうだなって。そう思わないか?」

「ぷっ！」

それでも、俺は堪えきらずに吹き出してしまった。

と同時に、今夜はたまたま鷹崎部長がこんなことを言い出したけど、いつもは俺がこの調子だよな?

割合でいったら、圧倒的に俺のほうがこうだよなって思うと、これもまたなんて幸せなんだろうって思えて、笑ってしまったんだ。

「兎田」

「すみません。そこまでの発想はありませんでした。でも、言われてみたらそうだなって。施設選びもそうですが、弟たちに〝この環境は普通じゃない〟〝決して当たり前じゃないからね〟って理解をさせないと、一般常識がずれてしまうので、大変だなって」

でも、せっかく鷹崎部長からこんな話をしてくれたんだから、俺もそのまま話に乗ることにした。

巡りに巡って弟たちの話になることは否めないけど——。

「だよな」

鷹崎部長が同意してくれたので、これはこれでよし！　ってことにした。

エピローグ

(――電話が、鳴ってる?)

翌朝、俺は鷹崎部長の腕の中で、目を覚ました。

これが差し込む日差しに起こされて――なら、まだいい。

けど、俺を起こしたのは、微かに聞こえてきたスマートフォンの着信音だ。

これまでの経験からすると、ビビるなんてものではない。

(今度は何だ!?　誰が何をした?)

俺は慌てて身体を起こすと、側にあったバスローブを手に、ベッドから下り立った。

そして、昨夜脱いだ上着のポケットに入れていたスマートフォンを探り出して、通話をオンにする。

画面に表示されていたのは、家電の番号だ。

見知った携帯番号でもないのが、余計に緊張を高ぶらせる。

「もしもし」

〝ひっちゃ～っっっ〟

（え!?）

出たと同時に、聞こえてきたのは七生の声だった。

それも久しぶりに聞く泣き声――寝ぐずりしている感じの声だ。

〝あ！　ごめんなさい、寧くん。起きたら七生が、寧くんを探して泣き出しちゃったの。昨日は楽しそうにしてたから、大丈夫だと思ったんだけど――。やっぱり寂しくなっちゃたみたい〟

事情は樹季が説明してくれた。

これまでだったら、士郎がかけてきただろうに――。こんなときだが、本当にしっかりしてきたんだなと、思ってしまう。

鷹崎部長も身体を起こすと、ベッドから様子を伺っている。

俺は、そんな鷹崎部長に笑って見せると、そのまま通話を続けた。

〝七生！　ほら、ひとちゃん出たよ〟

〝七くん！　電話電話！　ウリエル様だよ〟

〝ひっちゃ～っ〟

武蔵やきららちゃんも一生懸命に七生をあやしてくれている。

それにしても、ちびっ子たちの声しかしないってことは、子機を二階へ持っていったのかな？

いや、それなら士郎が側に居るはず？

ちょっと状況が見えないが、樹季たちの声を聞く限り、心配はないようだ。

「七生！　おはよう。どうしたの？　怖い夢でも見た？　みんながいるんだから、大丈夫だよ」

〝――っ、ひっちゃ！〟

俺が声をかけると、急に七生がハッとした。

起き抜けで寝ぼけていたのが、目覚めた感じかな？

〝おっ、おっはよーっ〟

いきなり我に返ったみたいに、めちゃくちゃ取り繕っている。

これにはバスローブを羽織って側まで着てくれた鷹崎部長も、吹き出す寸前だ。

俺も必死で笑いを堪えて、会話を続ける。

「はいはい。おはよう。七生、目が覚めた？」

〝あいちゃ〟

「そう。よかった。そうしたら、ここからは樹季たちの言うことを聞いて、お着替えしてね。もうすぐ、にゃんにゃんの時間だろう」

〝あいっ！〟

恐ろしいほど聞き分けがいい！

もしかしたら、寝ぼけて「ひっちゃひっちゃ」やってしまったのが、七生としては恥ずかしかったのかな？

俺からしたら、可愛いなんてもんじゃないけど！

〝わ！　七くん、泣き止んだ。よかった〜〟

〝ひとちゃん、ありがとう〟

〝寧くん、急にごめんなさい。でも、ありがとう！　もう大丈夫だから、またあとでね〟

「はーい。よろしくね」

その後は樹季から話を閉めて、通話を切った。

（ひっちゃ〜か）

起き抜けに突然泣き出された樹季たちからしたら、慌てたなんてものではない。

兎にも角にも、俺に電話しなきゃ――になったんだろう。

そこは目に見えるようで、申し訳ない。

でも、昨日の出がけに寂しさを覚えていた俺としては、顔がにやけそうだ。

(この分じゃ、俺の弟離れは、まだまだ先だな)

——などと、朝から今更なことを思ってしまう。

「着替えて、チェックアウトをするか」

すると、俺の様子を見ていた鷹崎部長が、今日の予定を早めてきた。

朝になったらもう一度露天風呂と景色を楽しみ、そのあとはルームサービスを頼んでまったり朝食。

ここを出るのは、チェックアウト時間でいいよな——なんて、話し合っていたのにだ。

「鷹崎部長」

「今の時間のほうが道路も空いているだろうし、俺も帰宅前に七生くんたちと遊びたくなってきたからさ」

笑顔でそう言ってくれた鷹崎部長は、本当に気遣いの人だった。

これには七生にだけでなく、樹季や武蔵、きららちゃん。何より、俺への思いやりが感じられて、余計にニヤけてしまいそうだ。

「はい。では、それでお願いします」

俺は、ここは鷹崎部長の好意に甘えた。

けど、そんな俺に鷹崎部長が、「実は俺もな」と言いながら、スマートフォンの画面を見せてきた。

そこには、昨夜のうちに届いていたのかな？　きららちゃんからのメールが表示されている。

おそらく、士郎か充功にでも見てもらって打ったんだろうが、俺たちが出かけたあとに、何をして遊んだのか。また、今日は何をする予定なのかといった、知らせが書かれていた。

そして最後には、〝パパもウリエル様といっぱい遊んできてね〟だ。

こんなメールを読んだら、逆にすぐにでも帰りたくなる！

「そういうことだ」

「――はい！　では、急いで着替えましょう」

もちろん、届いたメールをわざわざ見せてくれたのは、俺への気遣いだろう。

けど、こういうところで意見が一致する、同調できるって、やっぱり大事なことだと思うからね。

（あ！）

――と、そんなことを考えていたら、俺にも昨夜のうちに届いていたメールがあったことに気がついた。

「どうかしたか？」

「父さんからのメールが入ってました。昨日、富山さんから御礼と報告があったそうです。なんでも、大翔くんのお父さんが、ここへ来てずっときつく当たって、申し訳なかった。そのことを責めるわけでもなく、自分の八つ当たりを受け止めてくれて、ありがとう。許してもらえるだろうか？　って。謝罪と感謝をしてくれたそうで。大翔くんのお父さん、転勤前の感じに戻ったようです」

なんと！　これは思いがけない吉報だった。

鷹崎部長の顔にも、安堵の笑みが浮かぶ。

「そうか。それはよかったな」

「本当に。これも鷹崎部長や獅子倉部長の〝羨ましい〟効果かもしれないですね」

思えば、あれから一週間だ。

大翔くんのお父さんにも考える時間や、それによる心境の変化があったのだろう。

もしくは、富山さんのほうから、話を切り出す機会を設けた――とか。

「俺はともかく、獅子倉のカンザス話は、効果があったかもな。それでも、最終的には、あえて沈黙を貫いた士郎くんの作戦勝ちって気がするが」

「士郎のですか？」

「言ってどうにかなる相手じゃない。自分で気付いて、改善してもらうことが、一番早いっていうのが、形に表れた結果だと思うから」

「――あ。そう言われると、確かにそうですね」

それにしたって、富山さんの我慢が効いているうちに、大翔くんのお父さんへの愛情があるうちに、元に戻ってよかったと思う。

親の揉め事に巻き込まれるのは、いつも子供だし。

せっかく武蔵や七生が仲良くなった、遊ぶようになったお友達なのだから、大翔くんにもいつも笑顔でいてほしいからね！

あとがき

こんにちは、日向《ひゅうが》です。このたびは「上司と婚約 Try^3」をお手にとっていただきまして、誠にありがとうございます。

前作に続き、今回は武蔵《むさし》と七生《ななお》の運動会です！　七生の待ちに待った「しーしー、えーんえーんね（ニヤリ）」は、楽しんでいただけましたでしょうか？

前回、なぜか評判がよくて感想が集中した馬息子くん（笑）を含めて、富山《とやま》さん一家問題などなど、運動会絡みの伏線は回収いたしました。そのため、運動会部分に大分ページを割いてしまったのですが、ここで書き漏らしたら大変！　ってことだったので。改めて「あ～。そういうことだったのね！」なんて思いつつ、楽しんでもらえていたら幸いです。

さて……、どうしましょう。

今回も校正後のページ調整を含めて、あとがき分が6～7ページあります。

普段なら「よっしゃ！　ＳＳにしちゃおう!!」と思うところなのですが、これを書いている現在、同時進行で他社さんの作業や士郎《しろう》最新刊を進行しているので、ネタはあったし、チャレンジもしたのですが、上手くまとまりません（汗）。

しかも、つい先日担当さんとお電話していたときに、「こんなのもいいですよね」「ありかも！」なんて盛り上がった企画ネタもあったりして。ようは脳内にキャラと話がごった返しで飽和《ほうわ》状態です。

なので、たまには作品についてや、近況を書き出してみようかなと思います。

少しだけお付き合いくださいね。

まずは、今作に絡ませつつ大家族シリーズのことを。

早いもので、もう24巻です。そして「Try」編としては３巻目、大家族四男士郎の次が12巻目ということもあり、自分の中でもナンバリングがややこしいことになってきました。

特にこの「１の桁《けた》」が（汗）。

思えば10年前の夏。（実は今年の７月がシリーズ開始十周年でした！　関係者全員が忘れてました!!　なので、思い出したようにここで祝う。笑）最初の「上司と恋愛」を出していただいて、２冊目のお話が決まったときに、担当さんから「この話は続けられると思う」という力強いお言葉をいただきました。

ただ、私自身は探り探りの部分があったのですが、それでも万が一続いたときのことを想定して、「それでしたら、サブタイトルに通しカウントを入れる形にしたい」とお願いをしました。過去にも手がけてきたシリーズはあるのですが、だいたいタイトルに変化を持たせて続ける形が多いので、五冊を超えたあたりから順番がややこしくなってくるのが解っていたので。

とはいえ、さすがに20巻超えやらスピンオフ士郎は想定外でしたので、このカウントに関しては、当時の私にグッジョブを贈りたいです。

これがなかったら、もう解らない。今いきなり「そう言えば、6巻とか16巻では何書いたっけ？」と聞かれても、さっぱりわからないくらいなので（汗）。

近年では、巻が増えるごとに、士郎の記憶力を欲する私がいます。

でも、そんなものはないので、寧の設定ではないですが、プロットと一緒に時系列用カレンダー・スケジュールでひたすら記録をしております。

おかげで、ここのところずっと２０１４年の五月を埋め続けていますが——。

それでも、たった一年の流れを十年かけて書いてきたのかと思うと感慨深いです。

これには明確な理由があって、普段の話だったら、どんなに恋と仕事を盛り込んでもこうはなりません。この話にもっとも求められたのが、子供たちの笑顔とその成長ぶりがあったからでしょう。

特に樹季《いつき》、武蔵、きらら、七生の年頃での変化は大きいし、見逃せないですしね。

でも、それを言ったら士郎や充功《みつぐ》、双葉《ふたば》だってそうかな？

寧にしてもまだまだ二十一歳になったばかりだし、入社三年目なんて、社会人としては七生レベルで成長期のはず！

そして、忘れちゃいけないエイト、ナイト、テン！　エンジェルちゃんも成長中!!

――と、書き連ねていたら、1巻につき一週間進行という、かつてないパターンが出来上がったわけです。我ながら、有り得ないと思うようなことが現実化しております（汗）。

もちろん、ここからピッチを上げて同居までいかなくちゃね！　と、奮闘しております。

今回もそのつもりでプロットを立てました。が、担当さんからは「こんなに入るかな？（無理でしょう）」と言われて、実際そうなりました。なんかもう、情けないやら、七生が「うへへへっ」と笑ってお尻を振っているやらな状態です。

それでも、紙刊行が激減してきたこのご時世《じせい》で、「変に慌てなくてもいいですよ」と言っていただけることには感謝しかないですし、作家冥利《みょうり》に尽きるの一言です。

ただ、フリーランスとしては、常に数字と現実の厳しさの中で生きてきましたので、とにかく一冊一冊を大切に。読んだら楽しく、笑顔になれる物語を目指して、今後もお届けしていきたいと思っております。

どうか、これからも大家族を見守ってくださいね！

次は自身の近況を――。

年々作業効率が落ちてきたことは確かなのですが、去年くらいからそれに加速がかかりました。

思い当たる理由はいろいろあるのですが、やっぱり一番は「寄る年波には勝てぬ」でしょうか。特に今年は、身体にガタがきているのを実感しております。

もともと重度の喘息《ぜんそく》持ちなこともあり、発作を出さないための定期通院や注射治療、検査もしているので、健康管理はしているほうだとは思います。

肩こり腰痛は職業病だとしても、できるだけマッサージとかのメンテナンスも入れていますしね。

ただ、強《し》いて言うなら「それ以外には、特に問題がなかった」のが、年々「血糖値が上がってきた」「悪玉菌が増えすぎだ」「婦人科系が」「利き手の腱鞘炎《けんしょうえん》が」「膝に炎症が」と、じわじわ故障が浮き彫りになってきました。

なので、ロカボ&腸活《ちょうかつ》な食生活にしてみたり、ストレッチを取り入れたりと悪足掻《わるあが》きはしているのですが、結局「寄る年波には勝てぬのか！」みたいなことに（涙）。けどもう、年を重ねるってこういうものなんだな——という覚悟みたいなものは出来上がってきたので、今は早期発見・早期治療を心がけております。

何せ、リアルではとっくに子離れをしたというのに、脳内では2歳児から大学受験生の育児中です。とにかく「今、倒れるわけにはいかないのよ！」っていう気持ちが、なぜかリアル育児の時よりも強いので（汗）。たぶん、このあたりでも「若さ」という「怖い物知らずな部分」がなくなったんだろうな——とは思いますが。

でも、昔も今も気構えだけは「ピンピン・コロリ」が目標なので、楽しいお話を書き続けるためにも、まずは自身も楽しく元気に過ごせるように、今後も心がけていけたらなと思います。何せ、執筆効率は下がっているのに、まだまだこれから書きたい話や思い付きが反比例して増えていくのでね！

最後に——。

この度も挿絵のみずかね先生、担当様、本書に関わってくださるすべての方にお世話になりました。巻が重なる毎に感謝も増すばかりです。ありがとうございます！

そして、ここまで読んでくださった皆様には、もうお礼の言葉も見つかりません。

感謝の気持ちは、今後の執筆に全力投球することでしか表せないと思っております。

話の流れから、獅子倉はもう少し日本にいられることになりました。

寧は新たな営業先に向かうことになり、充功は修学旅行です！（忙しい。笑）。

何より鷹崎《たかさき》には、「頑張って江の島ジンクスに打ち勝てよ！」なデートをさせてあげましたが、代わりにどんな「えーんえーん」を双葉とちびっ子達に計画されているのかは、私にもまだわかりません！（これから考えます。汗）。

ただ、兎田《とだ》家の居るところに笑顔あり！　は、なおも続いていくと思います。

どうか引き続き、応援をしていただけたら嬉しいです。

それではまた大家族で、ときには他作品で、お会いできることを祈りつつ——。

日向唯稀

セシル文庫をお買い上げいただき、ありがとうございます。
この本を読んでのご意見・ご感想・ファンレターをお待ちしております。

☆あて先☆
〒154-0002　東京都世田谷区下馬6-15-4
コスミック出版　セシル編集部
「日向唯稀先生」「みずかねりょう先生」または「感想」「お問い合わせ」係
→EメールでもOK！　cecil@cosmicpub.jp

セシル文庫

上司《じょうし》と婚約《こんやく》Try《トライ》^{3} ～男系大家族物語《だんけいだいかぞくものがたり》24～

2024年1月1日　初版発行

【著者】　日向唯稀《ひゅうがゆき》
【発行人】　佐藤広野
【発行】　株式会社コスミック出版
〒154-0002　東京都世田谷区下馬 6-15-4
【お問い合わせ】　- 営業部 -　TEL 03(5432)7084　FAX 03(5432)7088
- 編集部 -　TEL 03(5432)7086　FAX 03(5432)7090
【ホームページ】　https://www.cosmicpub.com/
【振替口座】　00110-8-611382
【印刷／製本】　中央精版印刷株式会社

乱丁・落丁本は、小社へ直接お送り下さい。郵送料小社負担にてお取り替え致します。
定価はカバーに表示してあります。

ISBN978-4-7747-6527-3 C0193

セシル文庫